U0004088

Vitali Konstantinov

世界文字圖解簡史

ES STEHT GESCHRIEBEN Von der Keilschrift zum Emoji

維達利——繪著　　鼎玉鉉——譯

目　錄

Kapitel 1

Sprechen — Zeichnen — Schreiben

說－畫－寫

編碼

爲了電腦及手機能讀取及書寫，每個字元都必須以編碼方式儲存。第一部裝置的記憶容量較小，只夠放拉丁文字母及幾個特殊字元。每種語系都各有其編碼方式，總之就是一團亂。

想法要能以電腦傳送到另一台電腦，只能先儲存在字元編碼中。

也或者沒辦法。

字形：實際字元圖像會呈現在終端設備上。

而且偶爾相同字形還會代表不同字元。
拉丁文E（U+0045）
希臘文E（U+0395）
西里爾文E（U+0415）

1991 萬國碼（Unicode）協會成立，此國際標準組織專門進行通用國際字元編碼標準。

每個字元都有其單一編碼。該組織的目標，便是使世界上所有現存文字及語言都能出現在各種應用設備及操作系統上。歷史上，新發明或少數族群所使用的書寫系統，也同樣會予以收錄。而且，每年都會推出新版本。

萬國碼1999年收錄衣索比亞文，2007年開始能用於手機上。

萬國碼2010年收錄印尼巴塔克（Batak）文

萬國碼1999年收錄美國切羅基（Cherokee）文

萬國碼2009年收錄埃及象形文字

自1996年開始，就有1,114,112個編碼位置！

萬國碼12.0版本（2019）：收錄了150個書寫系統，總共137,929個字元。

每人都能提出一項方案。

2010 年有關收錄表情符號，曾經過漫長討論。

不行！太超過了！已經夠了喔你們！

我也可以嗎？

爲什麼？

使用特定書寫系統時，必須啟動相配合的鍵盤，或是瀏覽特殊符號選項。之後，大家才能輸入俄文或日文。使用書寫系統時，一定要先找到能相容的字型（即字型的數位版本）下載並安裝在裝置上。然後，就能以楔形文字或克林貢（Klingon）文發郵件或簡訊喔！

書寫系統 ＞ 字符 (Logograms)（文字符號）

圖符 (Piktograms)（圖像符號）

1 符號 = 1 物件

骷髏頭　　梟　　錨　　心

形符 (Ideograms)（形意符號）

1 符號 = 1 概念

愛　　希望　　智慧　　死亡

古代和現代漢字

日 月 人 心 錨 梟

Sonne　Mond　Mensch　Herz　Anker　Eule

形符無法讓人馬上明白，必須學過才能了解意思。就像數字，大家都看得懂符號，但其符號在每種語言中的文字都不同。

 限定詞（DETERMINATIVE）在古書寫系統中是看不到的，其代表某種更為精確的意思。這個古埃及符號便代表某種跟思考及感覺有關的活動。

MR R ... Mr r r w t = Liebe

seven　sieben　pito　sette　doloon　ilgob　shvidi　bakwai　nana　shtatë　yedi　tujuh　qī ...

形符很快就不夠用了，所以書寫者開始進行各種組合，以便表達更多意思。

現代字符：

§ £ $ © € ₿

愛 → Liebe

爪（爪）+屋頂（冖）+心（心）+腳印（夂）

字符是全人類都通用的書寫系統！

親愛的，這真是太聰明了！

克萊兒·布利斯

查爾斯K. 布利斯（CHARLES K. BLISS）（1897-1985）發明了現代「西曼特圖案」（SEMANTOGRAPHY），但不受廣泛使用。

牛津　英文辭典，

是英語世界最重要的一部辭典，在2011年把「♥」收錄進辭典，並在2015年選出（喜極而泣）「表情符號」作為年度代表字。

情　喜　哀　樂

月　耳　說　譯

我從未想過表情符號會在日本以外使用。

那我呢？

我？是個字嗎？笑死我了！

表情符號發明者
重隆栗田（SHIGETAKA KURITA）

年度代表字

聲符 (Phonogram)（聲音符號）

很快字符就不夠書寫者溝通使用了，所以開始跟聲符進行組合，就像個「字謎」或「畫謎」。比方說，代表「梟」的埃及符號（即古埃及文「莫凡得」(mewled)，之後成為「莫」(m) 的發音。

這項知名字謎的解釋請詳見第71頁。

為了寫出外文名，中文書寫者會用具有相關發音的字符來表示。

字符變聲符！

維達利

我的名字「Vitali」中文寫成「維達利」，各自代表「維持」、「達成」、「利潤」。不幸的是，也可以寫成「偽大梨」：偽造大顆梨子。

偽大梨

字音文字 (Silbenzeichen)（音節符號文字）

在字音系統中，每個音節符號便代表一個音節。兩種日文書寫系統都是音節文字。

かきくけこ
ka ki ku ke ko

母音附標文字 (Abugidas)

跟字音文字類似：一個符號就代表一個音節，但隨著連接的母音不同，符號也稍微不同。

衣索比亞文

ካ ኪ ኩ ኬ ኮ
ka ki ku ke ko

印度文

क कि कु के को
ka ki ku ke ko

子音音素文字 (Abjads)

純粹的子音文字「嘛係ㄟ通」，是吧？在某些語言，例如閃語文字，母音不大會影響文字意義。子音音素文字便隨著時間發展成語言。母音只是偶爾作為輔助。

Alif!

Alef!

音標字母 (Alphabete)　1 符號 = 1 音（理想情況下）

母音與子音各自具有其符號。然而，因為歷史演變關係，這種有效率又成功的系統不全然具有一致性。很多語言所使用的音標字母文字，原本就不是為其所創造。

JESUS

BODKA

殖民者把拉丁字母帶來我們非洲，但其字母跟我們的語言根本就不合。

9

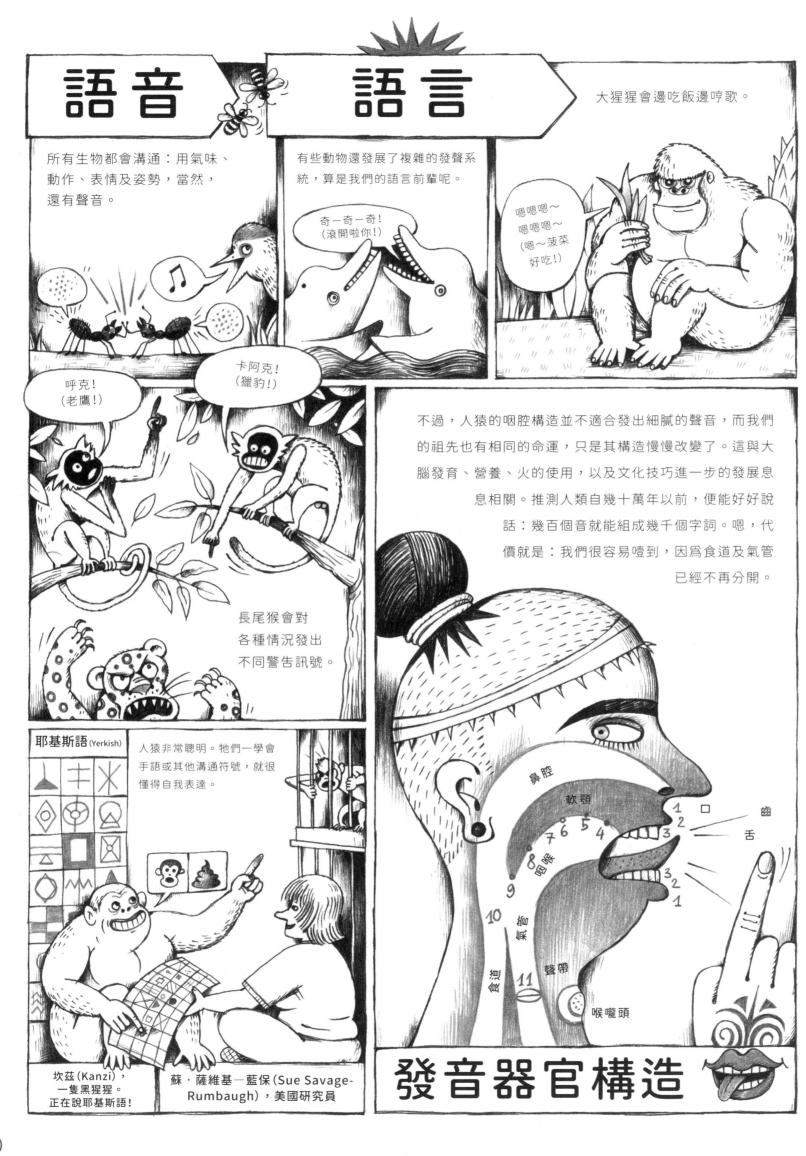

現今世界上有7,000種語言！

科伊桑語(Khoaisan)(南非)有大約160個音，包括80個噴音(Klicklaute)。

(大洋洲)羅托卡(Rotoka)文只有12個音。

(歐洲)義大利文有32個音。

(高加索)絕種語言，即尤比克(Ubychische)文，則有82個音。

母音是氣流不受阻礙所發出的聲音。子音是在氣流阻擾、帶音或不帶音所產生的聲音。同時還有噴音、唇呃音(Schmatzlaute)、喉音等等。

音調

存在於某些亞洲、非洲及美洲語言中：母音能高、低、上揚、下降、升降等等。

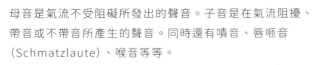

娃 wá – Kind
襪 wà – Socke
蛙 wā – Frosch
瓦 wǎ – Dachziegel

語音系統因語言不同而顯得複雜多元。想要準確複誦並不容易。在沒有書寫系統的情況下，唯有透過特殊國際音標(IPA)，即一字符對應一音。其發展是為了使單詞發音得以讀得出來。語音學是一門研究語言發音的科學。

iPA 國際音標 (Internationales Phonetisches Alphabet)

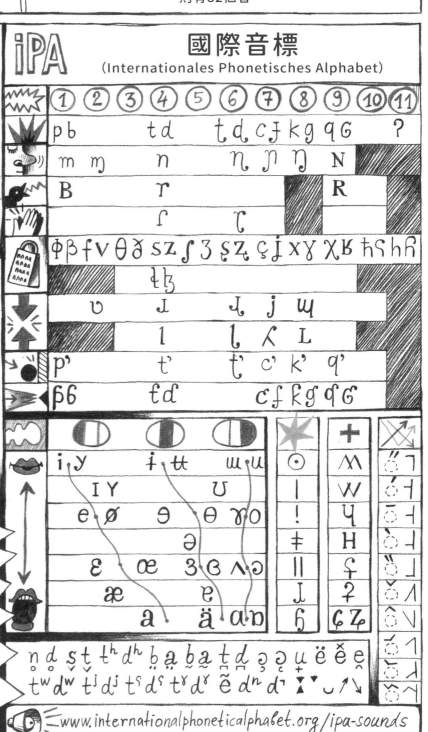

www.internationalphoneticalphabet.org/ipa-sounds

* 對話框翻譯請見第71頁。

文字起源

大約500,000年前……

直立猿人，即我們的直系祖先，已經能夠製作工具，甚至畫畫。

考古學家也在某個猿人休憩處發現具裝飾的貝殼，很可能就是世界上第一幅畫。

大約70,000年前，出現了第一批具象圖形，以石頭及骨頭刻成的小型雕像或刻紋。

大約40,000年前，人類就已經能繪畫得很漂亮。洞穴壁畫曾發現過神祕符號，並推測是文字。但問題是，我們不懂這種語言……

西班牙拉帕西耶卡（La Pasiega）洞穴「壁畫」

我們無法確切得知石器時代生活面貌。只能以生活方式雷同的現代部落為大致想像。

布干維爾（Bougainville）的花語

問～
來～
愛

布干維爾島上有個傳統，便是以花葉傳遞訊息。這是採用字音相似性，即字謎。在中國南部也有類似的方式。

萬那杜（Vanuatus）沙畫

巴布亞紐新幾內亞 NEUGUINEA
布干維爾
索羅門群島 SALOMONEN
萬那杜
新喀里多尼亞 NEUKALEDONIEN
澳洲
太平洋

以前有個禿頭男人……

萬那杜原住民在講故事的時候，會在沙上畫線型網紋。繪畫可是一種非常有效的記憶方法！

白樺樹皮上的情話

沒有文字的西伯利亞及北美洲原住民會用白樺樹皮、木頭或皮革來傳遞訊息。利用像是白樺樹皮畫軸 (Wiigwaasabak)，奧吉布瓦 (Ojibwe) 的熊族少女就能約莫申族 (Molchen-Klan) 少年來看她。

西伯利亞的尤卡吉爾族 (Jukagiren-Volk) 女子，自有一套傳情方式。

卡奇諾聞／瓦拉姆・歐盧姆

(Kekinowin／Walam Olum)

北美洲原住民試著在沒有文字的情況下，把重要的事記下來。神祕歌謠要靠背誦學習。以刻在木頭上的符號作爲記憶點。每個圖文符號（奧吉布瓦的卡奇諾聞、德拉瓦族的瓦拉姆・歐盧姆歌譜）都代表一整段曲子。在發展文字方面，這算是圖像記憶法的先驅。

那一嫩一巴歐一薩凹，尼一諾

酋長塔馬南德 (Tamanend)

威廉・潘恩 (William Penn)

1683年

一條珍珠項鍊就足夠讓德拉瓦人 (Delawaren) 和英國人簽約建設賓州了。

耶穌降臨來解決你們的煩惱了！

聽起來滿有意思的。我們需要這本書！

阿拉斯加 1900年

赫恩胡特傳教士 (Herrnhuter) 遇上尤皮克族 (Yupik-Volk)。

巫師烏亞科克 (Uyakoq) 發明出一套系統能把聖經故事「寫出來」。

石器時代—革命

千年以來，人類為了獵捕及採集活動，開始成群遷徙。

大約12,000年前，人類陸續在各地定居、圈養牲畜及發展農業。

與其整天在草原上徘徊尋找可食用植物，不如種在固定某地更容易。

打獵多無聊啊！我們可以把綿羊圈養起來！

牛 西元前8000年

山羊 西元前9000年

豬 西元前8000年

綿羊 西元前9000年

驢 西元前5000年

越來越多動物被馴養，成為新的食物來源。

大麥

二粒大麥 (Emmer)

單粒大麥 (Einkorn)

麵包

起司

啤酒

巧克力

在美洲，人類不養牲畜，而是種植更多農作物。

沒有牲畜？那我們天竺鼠算什麼？

定居範圍變得越來越大，新的挑戰也隨之出現：產生新職業，計畫及行政管理都有其必要性。

糧倉吸引了許多老鼠。有老鼠的地方就有貓！都市化真是太好了！

埃及阿比多斯 (Abydos) 很可能以足部圖案作為財產或存貨標記。但是，從考古學家於貴族陵墓中所發現的陪葬品來看，還有很多待解謎團。

Kapitel 2

Erste Schriften der Welt

世界第一批文字

楔形文字

文字會先在某個城市中變得不可或缺。生活亦更加複雜。貿易、手工藝、行政管理、稅收及統計便隨之產生。

第一份人類手寫文件，出現於5500年前的蘇美文化，是……收據和貨物清單。

嘿！你還欠我一些。

我給你一隻山羊。請你再幫我寫張欠單吧！

好。我寫下來，當作今年的稅收。

來！一包伊布露（Ebru）農夫的大麥！

（烏魯克〔Uruk〕—— 或許是世界上出現的第一座大城市。）

到處都有泥巴。

捏成一小塊泥板……

……然後用蘆葦筆桿寫。

代筆成為一種重要的職業！

腳：

山羊：

經過幾世紀，文字也會自行演變。

楔形文字字符

字	寫	手	天空	水
東西	鳥	魚	自由	

阿卡德字音文字

A	i	YA	U	BA	UM
AN	EN	MA	IZ	IN	UR

如果他曾把某人骨頭打斷，你們也該打斷他的骨頭！

電來了，英雄之王，偉大的征服者……偉大的吉爾伽美什

吉爾伽美什（Gilgamesch）王圖。

NUN

IR

ZA

TUK

第一部成文法典漢摩拉比（Hammurapi）法典，以巴比倫國王漢摩拉比一世爲名（西元前1792-1750年）

後來還出現文學著作，即是著名的吉爾伽美什史詩。

目前已知楔形文字約有1000個。

楔形文字源自蘇美文化，在之後幾世紀傳播至鄰近族群，並為不同語言所適用。同一個字有時用作字符，有時代表一個音或聲符。有時又採用蘇美人原本發音。因此其發音相當混亂。直到有人在烏加列市，提出每個發音都使用一個字符的想法！

第一個字母誕生！

亨利·羅林森 (Henry Rawlinson) (1810-1895) 把貝希斯頓泥板上三種語言抄錄下來，並進行解讀，分析出古波斯楔形文字。

烏加列字母 (約西元前1400年)

古波斯楔形文字 (西元前525-330年)

國王

阿胡拉瑪茲達
(Ahura Masdah)
(波斯創世神祇)

土地

神

楔形文字的使用大約有3500年之久。目前已知最後一份文件可追溯至西元75年。2004年，三位國際學者將楔形文字進行編碼，作為數位應用，更能在電腦上操作。

埃及

聖書體碑銘／象形文字 (Hieroglyphen)
僧侶體文字 (Hieratische Schrift)
世俗體文字 (Demotische Schrift)

古埃及先進文明存在4,000年，並留下一套複雜的書寫系統：多刻於石頭上的聖書體碑銘，以及由其衍生、寫於莎草紙上的僧侶體文字。

太陽所圍繞的一切，就是阿頓（Aton），天堂之主、大地之主……

我發明文字並將其貢獻給人類！

這樣一來，回憶就被忽略，遺忘便伺機在靈魂中得逞！

智慧之神透特（Thot）被視為是文字發明者。而哲學家柏拉圖（Plato）所提及的國王塔穆斯（Thamus），則對文字抱持著非常懷疑的態度。

代筆工作在埃及也很常見。

總共約有7,000個既可作為字符、亦可為聲符的字。

24個字符都各具有一個音，並構成一種子音音素文字。

字符	3子音	2子音
寫	bjt	dd
	dw3	d3
	grh	ḥb
象	h3w	ḥm
	ḫpš	ḥs
	jˁḥ	jr
給	jw3	mj
	mjw	mn
	nds	mr
	nsw	ms
狒狒／生氣	šnw	p3
	sšn	n
	w3d	sš
	wsr	w3

3, i, ij, c, w, b, p, f, m, n, r, ḥ, ḫ, ẖ, s, š, k, ḳ, g, t, ṯ, d, ḏ

有時聖書體用來作爲表意符號（限定詞）而不具發音，如下：

SCHF 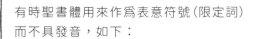 羊	HND 狗
SCHF 船	HND 手

文字一群
男＋女
＋多數一字
＝人們

聖書體文字來自在莎草紙上快速的書寫

簡化的世俗體文字（通俗文字）產生自西元前7世紀，並於日常生活中使用。大約有270個字，但是具單音的字特別受歡迎。

唔，這是你的收據！

埃及失去其獨立地位，希臘便取代所有埃及文字系統，使得後者被人們給完全遺忘。最後一篇世俗體銘文可追溯至西元452年。

世俗體

⟨ ⟩ á	⟨ ⟩ m	⟨ ⟩ s
⟨ ⟩ i	⟨ ⟩ n	⟨ ⟩ š
⟨ ⟩ e	⟨ ⟩ r	⟨ ⟩ q
⟨ ⟩ y	⟨ ⟩ l	⟨ ⟩ k
⟨ ⟩ ˁ	⟨ ⟩ h	⟨ ⟩ g
⟨ ⟩ w	⟨ ⟩ ḥ	⟨ ⟩ t
⟨ ⟩ b	⟨ ⟩ ḫ	⟨ ⟩ ṱ
⟨ ⟩ p	⟨ ⟩ ḫ	⟨ ⟩ ṱ
⟨ ⟩ f	⟨ ⟩ ḥ	⟨ ⟩ d

法國士兵在1799年拿破崙埃及戰役中發現羅塞特石（Rosette-Stein）。

哇！好大一塊！

等一下！這超古老的！上面銘文看起來有三種語言！下面這一定是希臘文！

我發誓一定要解開這個謎團！到底古埃及文跟現代科普特語（Koptisch）是否相似？

優秀語言學家：尚－法蘭索瓦·商博良
（Jean-François Champollion）(1790-1832)

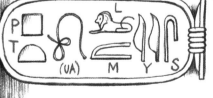

在希臘文中，法老的名字寫作「ΠΤΟΛΕΜΑΙΟΣ」（托勒密）。這位托勒密還是個希臘人呢！另一位君王名字則是埃及艷后克麗奧佩特拉（Kleopatra）。這是個大突破！商博良藉此找到了解讀埃及文及破解聖書體的關鍵，首先是法老的名字：拉美西斯（Ramses）。其組成包括代表太陽（又稱Ra）的字符及表音字。其他字則以此類推——破解。

科學家一點一滴成功破解被人所遺忘的語言。艾倫·嘉德納（Alan Gardiner）爵士（1879-1963）總共列出763 個重要的聖書體。這份名單是其萬國碼的基礎。1071個古埃及文字納入編碼，並且能在電腦上使用！

日本

中文字大約在西元三世紀稱作漢字傳入日本。

日本人既把漢字用爲字符，亦爲聲符。能以漢字（音讀）或日文（訓讀）爲閱讀或爲其他運用。約有800個專用於字音文字的漢字，其稱爲

「萬葉假名」（MAN'YŌGANA）。

透過簡化快速書寫產生變體假名（Hentaigana），接著還有平假名，即「女性文字」。和尚則自創其字音文字：片假名。

ひらがな 平假名
HIRAGANA（基本符號）

あ a	い i	う u	え e	お o
か ka	き ki	く ku	け ke	こ ko
さ sa	し shi	す su	せ se	そ so
た ta	ち chi	つ tsu	て te	と to
な na	に ni	ぬ nu	ね ne	の no
は ha	ひ hi	ふ fu	へ he	ほ ho
ま ma	み mi	む mu	め me	も mo
や ya		ゆ yu		よ yo
ら ra	り ri	る ru	れ re	ろ ro
わ wa	ん n			を wo

カタカナ 片假名
KATAKANA（基本符號）

ア a	イ i	ウ u	エ e	オ o
カ ka	キ ki	ク ku	ケ ke	コ ko
サ sa	シ shi	ス su	セ se	ソ so
タ ta	チ chi	ツ tsu	テ te	ト to
ナ na	ニ ni	ヌ nu	ネ ne	ノ no
ハ ha	ヒ hi	フ fu	ヘ he	ホ ho
マ ma	ミ mi	ム mu	メ me	モ mo
ヤ ya		ユ yu		ヨ yo
ラ ra	リ ri	ル ru	レ re	ロ ro
ワ wa	ン n			ヲ wo

平假名－演變

爲→ゐ→る
機→き

片假名－演變

機キ流ル

空海大師（774-835）曾翻譯印度書籍，而學會一種母音附標文字，即悉曇（Siddham）文字，並排列出日本的字音文字。

在現代日文中，漢字會跟平假名相結合，此外，日本人會以片假名用於表示外來字，以及偶爾用於表示羅馬字（即拉丁字母）。萬葉假名、變體假名，甚至悉曇文字則幾乎很少使用。而且還有很多文法規則要遵守呢！

華南少數民族

許多說藏語、緬甸語、泰語及其他語言，並具有其文化的人們及部落，已經受中國政治及文化影響將近2000年之久了。

納西族（300,000）
爾蘇族（20,000）
彝族（9萬）
水族（400,000萬）
傈僳族（120萬）
壯族（17萬）

中國

緬甸　寮國　泰國　越南

壯族生造字 (SAWNDIP)

壯傣語是透過改變與重新組合漢字來創建自己的書寫系統。

字符：峃（mboq）- 小溪：《水》+《口》

聲符：岜（bya）- 山脈：山＋聲符「巴」（中文意思為「希望」）。

原始壯族象形文字：𐃥（mbaj）- 蝴蝶

𝖸（dwngx）- 拐杖

彝族

彝族由30支藏緬民族所組成。

現代彝語有1165個字音文字，並於1974年開始使用。

（彝文字符表）

納西族：東巴文－哥巴文

納西文結合圖像記憶技術及字音文字，亦是苯教祭師，即東巴所使用的文字。

爾蘇－圖符（11世紀）

水族－字音文字

中美洲書寫系統

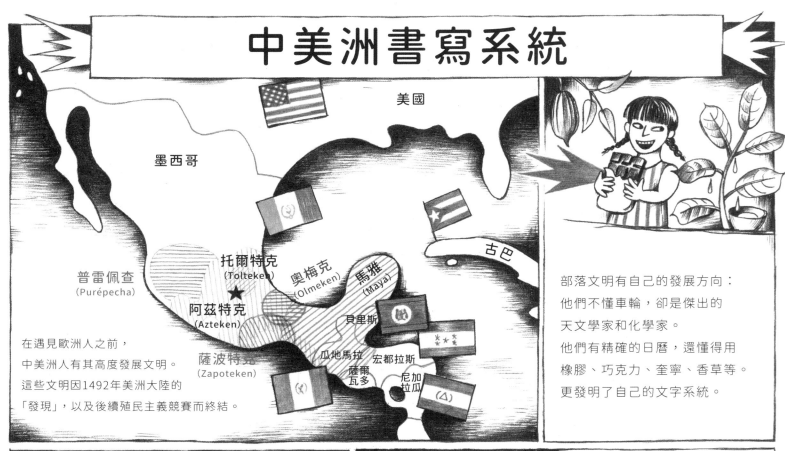

美國

墨西哥

托爾特克
(Tolteken)

普雷佩查
(Purépecha)

奧梅克
(Olmeken)

馬雅
(Maya)

阿茲特克
(Azteken)

貝里斯

薩波特克
(Zapoteken)

瓜地馬拉

宏都拉斯

薩爾
瓦多

尼加
拉瓜

古巴

在遇見歐洲人之前，
中美洲人有其高度發展文明。
這些文明因1492年美洲大陸的
「發現」，以及後續殖民主義競賽而終結。

部落文明有自己的發展方向：
他們不懂車輪，卻是傑出的
天文學家和化學家。
他們有精確的日曆，還懂得用
橡膠、巧克力、奎寧、香草等。
更發明了自己的文字系統。

歐洲殖民入侵後，很多當地文化也跟著消失了。
至今，還有很多是我們所不知道的！

遠離邪教異端！
他們這些書全都要燒掉！

卡斯卡亞爾(Cascajal)石可能
是美國最古老的文字證據。
大約有3000年的歷史。

古老瓦礫堆中
的小石頭嗎？
好吧，
我不知道……

奧梅克人創造了中美洲
第一個重要的先進文化
（西元前1500-400年）。

我們喜歡石雕頭像。
就是這樣！

奧梅克人完全消失了，
只留下幾顆可能刻著
字符的石頭。

薩波特克人曾有自己的帝國
（約西元前1500至西元1500年）。
其後代至今仍住在墨西哥，
並保留固有語言和文化。

其實是我們發展了文字。
馬雅人是抄我們的。

阿茲特克

納瓦特爾所說的好戰部落來自北方，曾征服中美洲許多民族，並建立了最後一個印第安帝國（約1320年至1525年），隨後便被西班牙人給消滅了。

阿茲特克人沒有文字，只有類似於卡奇諾聞的圖文符號。受過教育的人才能解讀這些符號。但是，部分象形文字具有特定的意義，並根據字謎原理進行組合：

te (tl) 石頭+
nōch (tli) 仙人掌果 =
Tenochtitlan
（阿茲特克人的資本）

馬雅

馬雅人的後代仍然生活在墨西哥、瓜地馬拉和貝里斯。馬雅文化大約起源自4500年前，全盛時期為西元前400年到西元900年之間。在那之後，便以一種神祕的方式消失了：大城市被廢棄於叢林中。西班牙征服者則是把遺址都摧毀了。

而馬雅的文字系統，（一種發展完整的文字），同樣也被遺忘了。

美國哈佛大學塔蒂安娜‧普羅斯科亞科夫
(Tatiana Proskouriakoff) (1909-1985)

前蘇聯聖彼得堡尤利‧克諾羅佐夫
(Juri Knorosow) (1922-1999)
和他的貓亞斯皮 (Aspid)

tzu (骨架) + lu (音) = tzul (狗)

目前已知馬雅象形文字約有1,000個。

西臺文及魯維文

在19世紀，考古學家發現了西臺帝國首都哈圖沙市的廢墟。還挖出了許多具有楔形文字的泥板。字符是已知的，但語言未知。至於相關的魯維文，則具有楔形文字及象形文字。

這是印歐語系的語言！這裡寫著「WATAR-MA」，一定是「水」的意思！

貝德日赫·赫羅茲尼 (Bedřich Hrozný)
(1879–1952)

我　城市　國家　國王
走　愛
鹿　羊

米諾斯文

米諾斯邁錫尼文明（約西元前3200-1050年）發展於克里特島上。在1900年左右所進行的考古發現曾轟動一時。不過，克諾索斯 (Knossos) 建築物及壁畫的「修復」卻是採用相當自由、藝術方式進行。

本來只有一小部分彩色保留下來，現在你看！

哇，多奇妙啊！這應該會賣得很好。繼續加油！

在克諾索斯宮殿遺址中，他們還挖出成千上萬、帶有三種文字系統的黏土片。

艾米利·吉里洪 (Émile Gilliéron)
(1850–1924)

亞瑟·艾凡斯 (Arthur Evans)
(1851–1941)

米諾斯字符

線性文字A（範例，尚未解譯）

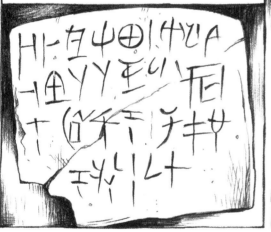

線性文字B（已解譯）

	D	J	K	M	N	P	Q	R	S	T	W	Z
A												
E												
I												
O												
U												

當時，考古學家為了名利而競爭激烈。1908年，義大利人路易吉·波尼耶 (Luigi Pernier) (1874-1937)「發現」了斐斯托斯圓盤 (Phaistos Disc)，一件其他考古發掘無可比擬的手工藝品，看起來是全新的，而且從未經過現代方法檢驗……

塞浦路斯字音文字（西元前11-3世紀）

	J	K	L	M	N	P	R	S	T	X	W	Z
A												
E												
I												
O												
U												

楔形文字和埃及象形文字已作為
聲音文字為使用。第一幅簡單、
類似字母的銘文，即原始閃語
文字，出現於西元
前1700-1500年左右
的埃及和西奈半島。

字母的

歐洲

義大利

希臘

小亞細亞

伊比利半島

烏加列

迦太基
(Karthago)

腓尼基貿易路線

腓尼基華
(PHÖNIZIEN)

布匿
(PUNIEN)

利比亞

埃及

阿拉

腓尼基字母

A	B	G	D	H	W		Z	S
⊗	TJ	K	L	M	N		S	',O
P/F	TS	Q	R	SCH	T			

原始閃語文字
(Protosemitische Schriften)

亞拉姆語 (Aramäisch)

A	B	G	D	H	W		Z	
T	J	K	L	M	N		S	',O
P/F	TS	Q	R	SCH	T			

古伊比利文

希臘字母

ΑΛΦΑΒΗΤΟ

(Samaritanische Schrift)
撒瑪利亞文

腓尼基布匿文

小亞細亞字母：
呂基亞語 (Lykisch)、
卡利亞語 (Karisch)、
西代語 (Sidetisch)

ΑΒΓΕΔΙΔΚΓΜΟ

希伯來文

利比亞文

盧恩 (Runen)

科普特語
(Koptisch)

努比亞語 (Nubisch)

提非納字母 (Tifinagh)

古義大利文

ABC DEF⊗I

西里爾字母 (Kyrilliza)

ЯБВЯГΔΕ

格拉哥里字母
(Glagoliza)

拉丁字母

起源

腓尼基人善於經商和造船，大約在3500年前定居於整個地中海地區，也在此建立許多殖民地。務實如腓尼基人，腓尼基文發展出十分簡單的字母，以便商業使用。

alef 牛

mem 水

寫下來：再一罐香氛油！

除了算術之外，簡單的字母還能傳播新思想和宗教。基督教遍布地中海地區，甚至傳到中國和印度。

大家，我要向你們宣布偉大先知摩尼的教義！

耶穌本人便是說亞拉姆語。

摩尼教在西元4-14世紀也成為一種世界宗教。

美索不達米亞

波斯

古代南阿拉伯文

(Nabathäische Schrift) 納巴泰文

衣索比亞文

阿維斯陀文 (Avestische Schrift)

巴勒維文 (Pahlavi)

摩尼字母 (Manichäisches Alphabet)

敘利亞文：福音體、線條體、東敘利亞體

亞美尼亞語

高加索阿爾巴尼亞語 (Alwanisch)

喬治亞語

粟特字母 (Sogdisches Alphabet)

古突厥盧恩式字母

回鶻字母 (Uigurisches Alphabet)

曼底安文 (Mandäische Schrift)

阿拉伯文

滿洲語、托忒語、錫伯語、鄂溫克語、瓦根達拉語

匈牙利盧恩式字母

這種子音文字採用古亞拉姆文字所具有的「方形」風格，並大約在西元前500年左右修改成希伯來語。根據聖經傳說，是直接來自上帝的文字。而之後為了避免閱讀錯誤，便在母音上加入特殊字符，但使用上並不具有必要性。

摩西在西奈山接下十誡。

以色列的兒女，上帝親自在這些石碑上為大家寫下了十誡！是祂用親手寫的！

好美的文字！

哇！

現代希伯來語字母表

א	A	ל	L
ב	B	מ|ם	M
ג	G	נ|ן	N
ד	D	ס	S
ה	H	ע	'
ו	U,V	פ|ף	P,F
ז	Z	צ|ץ	TS
ח	H	ק	Q
ט	TH	ר	R
י	J,i	ש	Š
כ|ך	K	ת	T

希伯來文是以色列的官方文字，為全世界的猶太人所共同使用。除了現代希伯來（Iwrit）以外，其他猶太語也以之為主要文字書寫。

意第緒語（Jiddish）是源自日耳曼語系的猶太語變體，現今已自成一種語言。

On gelt iz keyn velt.

撒瑪利亞人是以色列一個很小的宗教團體（約800人），其保留古老習俗和語言，並使用自己的古希伯來文字系統。

撒瑪利亞文

א	A		T		P
	B		Y		S
	G		K		Q
	D		L		R
	H		M		S
	V		N		T
	Z		S		
	H				

宙斯綁架了美麗的腓尼基公主歐羅巴(Europa)，她哥卡德莫斯(Kadmos)便緊追在後。

> 救命！
> ΕΥΡΩΠΗ
> ΖΕΥΣ

我要把我妹救出來！

> ΚΑΔΜΟΣ

卡德莫斯在途中經過多次冒險。

> ΔΡΑΚΟΣ

他建立了自己的城市，娶了神祇的女兒哈莫尼亞(Harmonia)，並為希臘帶來了文字。

> 寫！
> 鞋？

我不知道到底是不是真的。誰知道！

不過，事實上，希臘人在西元前1000年左右接收了腓尼基字母及其名字，最初還包括希臘語不需要的部分字母：

Ϝ(Digamma)、Ⱶ(Heta)、Ϙ(Koppa)、Ϡ(Sampi)。

經過幾個世紀，語言也產生很大變化：因此，古希臘語的beta(= b)變成了現代希臘語中的vita(= v)，而發音「b」，現今則寫為「μπ」。

> ΑΠΟΨΕ ΚΑΝΕΙΣ ΜΠΑΜ...
> ΕΛΑ！ΕΛΑ！

雷貝提科(Rebetiko)
(一種音樂風格)

Αα A	Alpha		Νν N	Ny		
Ββ V(B)	Beta		Ξξ X	Xi		
Γγ G	Gamma		Οο O	Omikron		
Δδ D	Delta		Ππ P	Pi		
Εε E	Epsilon		Ρρ R	Rho		
Ζζ Z	Zeta		Σσ S	Sigma		
Ηη i	Eta		Ττ T	Tau		
Θθ Th	Theta		Υυ Y(U)	Ypsilon		
Ιι i	Iota		Φφ F	Phi		
Κκ K	Kappa		Χχ Ch	Chi		
Λλ L	Lambda		Ψψ Ps	Psi		
Μμ M	My		Ωω O	Omega		

科普特字母和努比亞字母

ⲁⲃⲅⲇⲉⲉ̄ⲍⲏⲑⲓⲕⲗⲙⲛⳅ ⲟⲡⲣⲥⲧⲩⲫⲭⲯⲱ ϥϩϫϭ ϯⲣ

在西元2世紀，埃及人放棄其文字系統，轉而使用希臘文字。希臘語中有些缺少發音的通俗文字，也因此被保留下來。現今，只有幾個埃及基督教少數民族會使用科普特語和文字。努比亞人亦新增了三個字母：

科普特語

埃及

努比亞語

蘇丹

ⳟ ⳡ ⳣ

拉丁字母

腓尼基人和希臘人經常將船停靠在義大利海岸，還經常與當地居民保持密切聯繫，並帶來了其文字。
西元前700年左右，義大利北部的伊特拉斯卡（Etrusker）創造了自己的文字，其與楞諾斯島（Insel Limnos）上的文字非常相似。

卡門塔（CARMENTA）
「發明」義大利文的羅馬神祇

是不是要先成爲女神，才能複製幾個希臘字母呢？

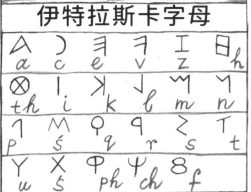

伊特拉斯卡字母

Λ	)	Ⅎ	Ⅎ	Ⅰ	日	h
a	c	e	v	Z		h
⊗	Ⅰ	Ⅹ	Ⅰ	M	Ⅰ	
th	i	k	l	m	n	
↑	Ⅹ	Ϙ	Ϙ	₹	Τ	
P	ś	q	r	s	t	
Ⅴ	Ⅹ	Φ	Ψ	8		
u	s	ph	ch	f		

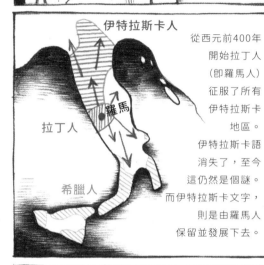

伊特拉斯卡人

從西元前400年開始拉丁人（即羅馬人）征服了所有伊特拉斯卡地區。伊特拉斯卡語消失了，至今這仍然是個謎。而伊特拉斯卡文字，則是由羅馬人保留並發展下去。

拉丁人

羅馬

希臘人

很好，什麼？
這是我這次旅行的紀念品。
他是眞的喔！

1849年，維也納官員在埃及購買木乃伊。

等一下……
布條上面有寫東西……

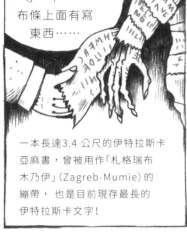

一本長達3.4公尺的伊特拉斯卡亞麻書，曾被用作「札格瑞布木乃伊」（Zagreb-Mumie）的繃帶，也是目前現存最長的伊特拉斯卡文字！

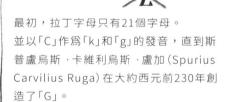

ABCDEF G HIJ KLMNOPQRSTU V WXYZ 𐌙 ✗✗
      Z

最初，拉丁字母只有21個字母。並以「C」作爲「k」和「g」的發音，直到斯普盧烏斯·卡維利烏斯·盧加（Spurius Carvilius Ruga）在大約西元前230年創造了「G」。

可惡！都沒人能讀對我的名字！大家需要再多一個字母！

羅馬人！在此我給你們缺少的字母：

噢，不……

抱歉，陛下，這看起來好蠢！

CLAVDIVS

伊特拉斯卡人將希臘文Y改成V。後來羅馬人又從希臘文那裡借了Y和Z。大家先把V讀爲V、U或W。U和J在16世紀才被加入，W（= V + V）甚至更晚。

VERBA VOLANT
SCRIPTA MANENT

羅馬石匠爲紀念碑所設計的文字字體是現今廣泛使用的古羅馬文字（Antiqua-Schriften）字體的起點。

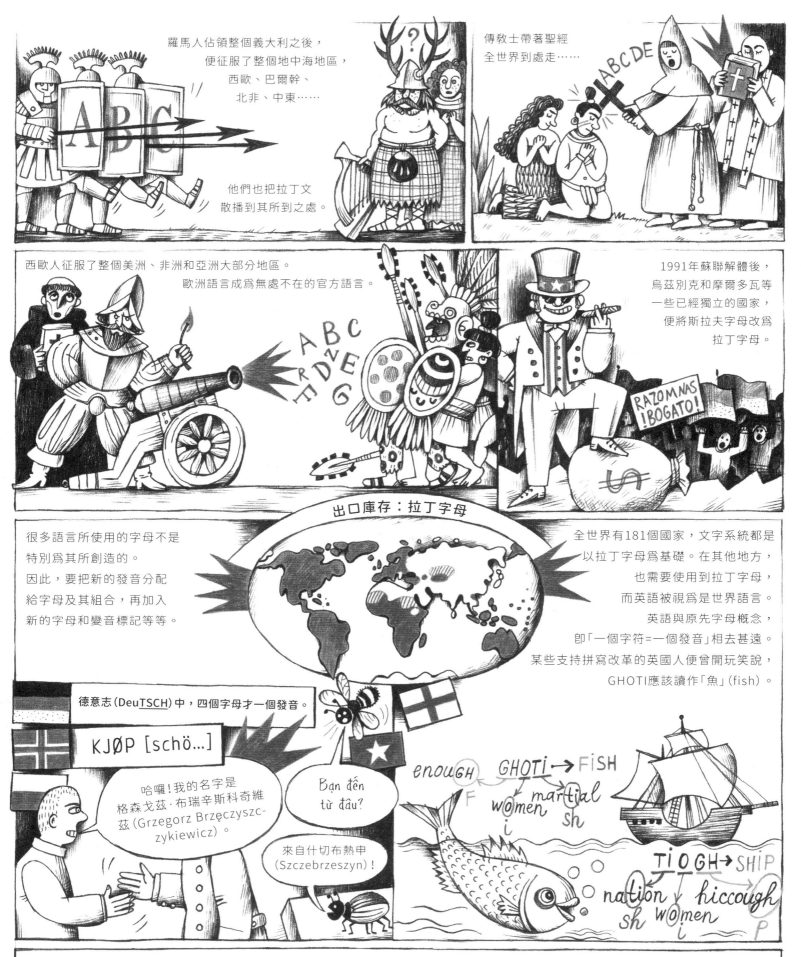

用拉丁字母寫不同的語言，每種語言都需要有自己的特殊字符（例如德語中的ö）。
總共有650多個拉丁字母具有特殊字符：

ÀÁÂÃĀĂẠẢÅÄǍȦȀĄẤẦẪẬẮẰẴẶǢǼ ḂƁ B̶ Ƀ ĆĈČĊÇ Ȼ usw.

盧恩文

盧恩文可能源自古義大利文，類似於北歐版本的拉丁字母。從2世紀左右開始，便持續在使用，甚至在瑞典達拉納省（Dalarna）一直用到20世紀。保存最完整的銘文能在斯堪地納維亞半島見到：皮姆史塔夫（Primstavs），即北歐曆法杖，在19世紀時仍在挪威和瑞典使用。有些人甚至會為符文賦予神秘意義。

古匈牙利字母 (Ungarische Rovás)

匈牙利人是游牧民族，大約從9世紀開始從西伯利亞移民到歐洲。他們可能從盟友那裡帶來了古老的土耳其盧恩文：羅瓦什文（Rovás）。在歐洲，匈牙利人很快採用了拉丁字母。

只有在賽凱依地某處偏遠地區，還存在羅瓦什文，而且至今仍持續使用。

愛爾蘭文 / cló Ꝟaelać

在愛爾蘭,則發展出一種特殊的拉丁語形式,從6世紀直到現今,都一直用於愛爾蘭語中,即蓋爾語(Gälisch)。有些字母更具有特殊的「獨立」形式。

在西元5世紀至7世紀,愛爾蘭出現了另一種文字:歐甘字母(Ogham),其更像是拉丁字母的編碼,而不是實際的字母。此種文字只存在於石刻銘文上。

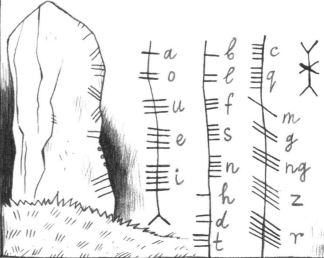

A_a b_b C_c D_d E_e F_f $Ꝟ_g$ h_h l_i
L_l m_m n_n O_o P_p $ꞃ_r$ $ꞅ_s$ $ꞇ_t$ u_u

Deutſche Schrift

德文

在中世紀,出現了尖角體(Fraktur),即「破碎字體」。西歐到處都在使用,只是在德國特別流行。因此,也有些人誤稱尖角體是「德國的」,而不是「拉丁的」文字。

Aa	Bb	Cc	Dd	Ee	Ff Gg
Hh	Ii	Jj	Kk	Ll	Mm
Nn	Oo	Pp	Qq	Rr	Sſs Tt
Uu	Vv	Ww	Xx	Yy	Zz ß

我親愛的寶貝漢斯(Hätschelhans),我很高興你的書中看不到要命的拉丁字!

這種醜陋的文字必須刪掉!但是,相反的,大家都叫這種沒品味的文字爲德文!

沒錯,媽媽。沒問題的,媽媽……

卡特琳娜·伊莉莎白·歌德
(Catharina Elisabeth Goethe)

約翰·沃夫岡·歌德
(Johann Wolfgang von Goethe)

格林兄弟

因爲等寬羽毛筆尖的發明,才能發展出具有相同線條寬度的字體。

納粹在德國執政後,到處都只有「德文字母」。納粹圖像設計家亦爲獨裁政權創造了具有冷酷外觀的新字體。但是在1941年,「德國」(尖角體)字型突然被禁止,宣布改以古羅馬文字體爲標準字體。

這些猶太字母應予廢除!全國所有文字都要立即以標準字體列印!

路德維希·聚特林(Ludwig Sütterlin)
(1865-1917)在1911年爲普魯士學校推出一種書寫體的簡化版:聚特林字體(Sütterlinschrift)。

衣索比 亞文

	Ä	U	I	A	E	Ə	O
H							
L							
Ḥ							
M							
Ś							
R							
S							
Q							
B							
T							
H							
N							
?							

	Ä	U	I	A	E	Ə	O
K							
W							
ʕ							
Z							
J							
D							
G							
T'							
P'							
S							
X̣'							
F							
P							

（ከ́sa）

衣索比亞文是母音附標文字（አቡጊዳ）。字符的基本形式會根據母音而略有變化，並接著形成一個音節。原先在衣索比亞教堂所專用的禮拜文字，即吉茲文（Ge'ez）（ግዕዝ），現在亦用於阿姆哈拉語（Amharisch）、提格利尼亞（Tigrinya）、提格雷（Tigre）、衣索比亞及厄利垂亞等語言的文字。某些非洲組織建議，把吉茲文列為泛非洲文字，以便能停止使用具「殖民色彩」的拉丁文字。

領土範圍在目前衣索比亞及厄利垂亞省份的阿比西尼亞帝國，存在長達3000年，而且是非洲唯一未被殖民的國家。因此，衣索比亞最後一位皇帝海爾·塞拉西一世（Haile Selassie I）（1892-1975）亦受人尊為非洲獨立的象徵。

蘇丹

葉門

厄利垂亞（ERITREA）

阿克蘇姆帝國（西元前300年）

衣索比亞

索馬利亞

這個南部的阿拉伯文字很漂亮，但是沒有母音。你可以改善嗎？這能幫我們在阿克蘇姆傳播基督教。

ሃይለ ｜ ｜ ሥላሴ

Jah, Jah!

埃札納（Ezana），阿克蘇姆帝國國王（320-356）ዔዛና

弗魯門修斯（Frumentius），敘利亞僧侶（310-383）ፍሬምናጦስ

在遙遠的牙買加，拉斯塔法里運動（Rastafaris）和雷鬼音樂家使用衣索比亞文字，以強調他們與非洲的聯繫。

阿拉伯文

從7世紀開始，阿拉伯文因為地區伊斯蘭化而開始普及。目前是30個國家的官方文字，也是阿拉伯語、波斯語及在亞洲和非洲其他語言所使用的文字。幾乎所有字母都有多達四種書寫形式，取決於其在單詞中的位置。短母音甚至可以不寫，加註提示就好了。

先知穆罕默德
(Prophet Mohammed)
(~570–632))

特殊字符有很多，需要遵循的規則也很多，書寫方向是從右到左：阿拉伯文是特別複雜的文字！由於15個原始字母不足以涵蓋所有阿拉伯語發音，大家便在字母上作變化。

阿拉伯文數字：
中東：٠١٢٣٤٥٦٧٨٩
波斯文：٠١٢٣۴۵۶٧٨٩

小心！你把經文讀錯了！我會用紅點標記不同的發音。

阿杜布勒－阿斯瓦德－杜阿利
(Abu'l-Aswad al-Du'ali) (~603–688)

a/i			
b			
t			
th			
ǧ			
ḥ			
ḫ/ḥ/ĥ			
dh			
r			
z			
s			
š			
ṣ			
ḍ			
ṭ			
ẓ			
ʕ			
ġ			
f			
q			
k			
l			
m			
n			
h			
u/w			
y/i			

塔納字母：馬爾地夫 (THAANA-ALPHABET：MALEDIVEN)

在馬爾地夫，大家一開始是寫阿拉伯文，直到18世紀，有人發明了當地語言迪維希 (Dhivehi) 字母：前9個子音，就能簡單把阿拉伯數字1到9都用到。

一串塔納文就有三「層」

	母音，特殊符號
	子音
	母音，特殊符號

阿拉伯語的借用會保留在原有文字中。有時也會一個字混用兩種寫法，例如，阿普杜拉·雅門 (Abdulla Yameen)（即馬爾地夫前總統名字）：

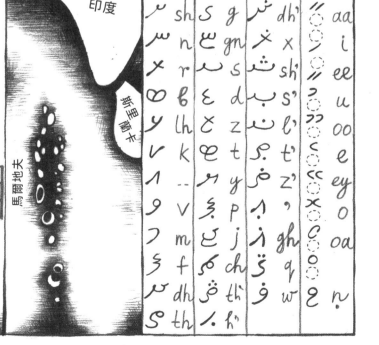

印度
斯里蘭卡
馬爾地夫

h		l		kh		a	
sh		g		dh		aa	
n		gn		x		i	
r		s		sh		ee	
b		d		s'		u	
lh		z		l'		oo	
k		t		t'		e	
a		y		z'		ey	
v		p		gh		o	
m		f		q		oa	
f		ch		th		n	
dh		h					
th							

印度文

在印度半島上，大約有700種語言。其中23種是印度的官方語言。而世界上最古老的宗教也起源於此。

	印度教 (西元前2000年)		佛教 (西元前500年)

當未來的佛陀，即悉達多太子（西元前560-480年）仍在學校時，他不得不學習64種不同的文字，包括都羅塔拉帕達桑都文（Dviruttarapadasandhi-lipi）、耶聞達索塔拉帕達桑都文（Yavaddasottara-padasandhilipi）和艾賽塔帕斯他塔羅卡曼納文（Rsitapastaptarocamanalipi）。最常見的是婆羅米文（Brahmi Schrift），是所有印度文字的根源，全部都是母音附標文字。

阿育王（約西元前304-232年）在2300年前征服了幾乎整個印度半島，並將佛教和婆羅米文字散佈到世界各地。

巴爾蒂（Balti）

多格拉文（Takri）

藏文

古魯穆奇文（Gurmukhi）

尼泊爾

देवनागरी

天城文是印度使用最廣泛的文字，使用範圍包括梵語和印地語（Hindi）（約6億人口）。

婆羅米文（3世紀）

古加拉特文（Gujarati）

印度

奧里亞文（Oriya）

我在印度各地都建立起這種柱子，將我的所有法律都刻在上面。當然是用婆羅米文。

泰盧固（Telugu）

坎納達文（Kannada）

圖陸文（Tulu）

索拉什特拉（Saurashtri）

馬拉亞拉姆文（Malayalam）

泰米爾文（Tamilisch）

多數印度語言屬於兩個非常不同的語言族系。

印度雅利安語，使用人口超過十億

達羅毗荼語系（Dravidische Sprachen）

僧伽羅文（Singhalesisch）

我們達羅毗荼人（Draviden）才是原生印度人，雅利安人一次又一次的欺壓我們！我們想要有自己的國家：達羅毗荼國（Dravida Nadu）！

2.2億語言使用人口

天城文 (Devanagari)（基本字母）

अ a	आ aa	इ i	ई ii	उ u	ऊ uu	ए ee	ऐ ai	ओ oo	औ au
क ka	ख kha	ग ga	घ gha	ङ ṅa					
च ca	छ cha	ज ja	झ jha	ञ ña					
ट ṭa	ठ ṭha	ड ḍa	ढ ḍha	ण ṇa					
त ta	थ tha	द da	ध dha	न na					
प pa	फ pha	ब ba	भ bha	म ma					
य ya	र ra	ल la	व va						
श śa	ष ṣa	स sa	ह ha	ळ la					

中國

林布族(Limbu)

巴族(Lepcha)

不丹

孟加拉

孟加拉文

বাংলা

錫爾赫(Sylheti)

দেশি

緬甸

看，我們的兒子多帥多聰明啊！

謝啦，老爸！

據說是神祇與英雄的兒子阿格斯提亞(Agastya)創造了泰米爾語。

達羅毗荼語系中最重要的便是泰米爾語，擁有超過7500萬使用人口。泰米爾民族主義者認爲，其語言是第一個人類語言，而泰米爾人曾經在現已沉沒的庫馬里坎達姆大陸上擁有高度發達的文明……

中國

印度

非洲

庫馬里坎達姆(KUMARIKANDAM)

一百多年來，泰米爾人一直反對印度南部印地語系的盛行。在斯里蘭卡，泰米爾叛軍甚至爲其獨立發動了長期戰爭(1983-2009年)。

泰米爾文 (從大約西元前250年開始)

அ *a*	ஆ *ā*	இ *i*	ஈ *ī*	உ *u*	ஊ *ū*
எ *e*	ஏ *ē*	ஐ *ai*	ஒ *o*	ஓ *ō*	ஔ *au*

க் *k*	ங் *ṅ*	ச் *c*	ஞ் *ñ*	ட் *ṭ*	ண் *ṇ*
த் *t*	ந் *n*	ப் *p*	ம் *m*	ய் *y*	ர் *r*
ழ் *ḻ*	ள் *ḷ*	ற் *ṟ*	ன் *ṉ*	ல் *l*	வ் *v*
ஜ் *j*	ஷ் *ṣ*	ஸ் *s*	ஹ் *h*	க்ஷ் *kṣ*	

ப *pa*	பா *pā*	பி *pi*	பீ *pī*	பு *pu*	பூ *pū*	பெ *pe* → P
பே *pē*	பை *pai*	பொ *po*	போ *pō*	பௌ *pau*		

在泰米爾語中，字母經常合併爲合體字(Ligaturen)。

<table>
<tr><td>ஞு</td><td>டு</td><td>ணு</td><td>து</td><td>ஹு</td></tr>
<tr><td>லு</td><td>ஞ</td><td>று</td><td>சு</td><td>ணா</td></tr>
<tr><td>ஸு</td><td>ஹா</td><td>க்கூ</td><td>ட</td></tr>
<tr><td>நா</td><td>மு</td><td>ரு</td><td>ஜூ</td><td>ஞு</td></tr>
<tr><td>ணூ</td><td>ஜூ</td><td>ஷு</td><td>ஜு</td></tr>
<tr><td>லை</td><td>னெ</td><td>னை</td><td>டி</td></tr>
</table>

要翻譯佛經，我們需要自己的文字。天城文字母不夠藏語發音使用！

吐蕃內相吞彌·桑布札 (Thonmi Sambhota)(西元7世紀)

藏文(有頭字)(Uchen)

ཨ *a*	ཨི *i*	ཨུ *u*	ཨེ *e*	ཨོ *o*

ཀ *k*	ཁ *kh*	ག *g*	ང *ng*	ཅ *c*	ཆ *ch*	ཇ *j*	ཉ *ny*
ཏ *t*	ཐ *th*	ད *d*	ན *n*	པ *p*	ཕ *ph*	བ *b*	མ *m*
ཙ *ts*	ཚ *tsh*	ཛ *dz*	ཝ *w*	ཞ *zh*	ཟ *z*	'	ཡ *y*
ར *r*	ལ *l*	ཤ *sh*	ས *s*	ཧ *h*	ཨ -		

藏語、漢語和緬甸語都是屬於漢藏語系。藏語是具有許多變音標記和子音合體字的母音附標文字。

41

印度的商人與和尚將印度教、佛教，以及古老印度教文字一同傳入印度支那，這些文字在5至7世紀被改爲孟語和高棉語。之後，緬甸人和泰國人從北方移入，並採用了孟語和高棉語文字。現今，四個國家都有自己的文字系統！

地圖標示：印度、撣文(Shan)、傣泐(Tai Lü)、傣黯文(Tai Dam)、蘭納(Lanna)、傣納文(Tai Le)、中國、緬甸文、寮文、緬甸、泰國、寮國、越南、泰文、柬埔寨、高棉文(Khmer)、孟族(Mon)

無明及執著即生苦惱！

高棉文字
爲今日柬埔寨官方文字

KA	DO	MO	ii	OO	QU
KHA	TTHO	YO	Y	AU	QUK
KO	NNO	RO	YY	U+	QUU
KHO	TA	LO	U		QUUV
NGO	THA	VO	UU		QE
CA	TO	SA	UA		QAI
CHA	THO	HA	OE		QOO
CO	NO	LA	YA		QAU
CHO	BA	QA	E		RY
NYO	PHA		iE		RYY
DA	PO		AE	Qi	LY
TTHA	PHO	AA	Ai	Qii	LYY

緬甸語

緬甸王子江喜陀 ကျန်စစ်သား: (Kyanzittha)愛上了孟族公主瑪尼山達 (Manisanda)。經歷過兩次流放和許多不幸後，王子才總算娶到心上人，並在1084年成爲國王。

終於登上王位了！我愛妳勝過一切，而且我很欣賞你們古老的文化！爲了我們子民，用孟語文字來重新改寫吧！

寫孟語文字的時候，棕櫚葉會裂開！

字母形狀圓的比較好！

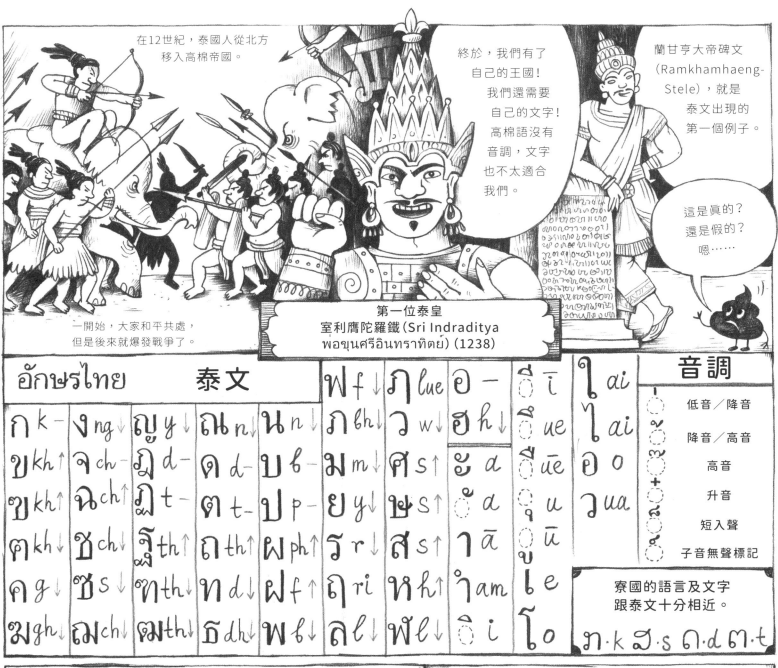

อักษรไทย　泰文

ก k-	ง ng↓	ญ y↓	ณ n↓	น n↓
ข kh↑	จ ch-	ฎ d-	ด d-	บ b-
ฃ kh↑	ฉ ch↑	ฏ t-	ต t-	ป p-
ค kh↓	ช ch↓	ฐ th↑	ถ th↑	ผ ph↑
ฅ g↓	ซ s↓	ฑ th↓	ท d↓	ฝ f↑
ฆ gh↓	ฌ ch↓	ฒ th↓	ธ dh↓	พ b↓

ฟ f↓	ภ lue	อ -	อิ ī	ใ ai
ภ bh↓	ว w↓	ฮ h↓		ไ ai
ม m↓	ศ s↑	ะ a	ุ ue	อ o
ย y↓	ษ s↑	า ā	ู u	ว ua
ร r↓	ส s↑	ำ am	ฺ ū	
ล l↓	ฬ l↓	อี i	เ e	โ o

音調

- ᷅ 低音／降音
- ᷄ 降音／高音
- ᷇ 高音
- ᷈ 升音
- ᷉ 短入聲
- ᷋ 子音無聲標記

寮國的語言及文字跟泰文十分相近。

壯傣語族文字 (Tai-Kadai-Völker)

除了泰國人和寮國人之外，印度支那和中國南方還生活著大約90個相關的壯傣語族群。這些族群通常以不同的名字而聞名。有時，官方會以一個名字隨意把不同族群聯合在一起。而有些壯傣語族有自己的文字系統，這些系統源自於印度文、緬甸文或泰文的母音附標文字。

印度文：東南亞麥士蒂索 (INSULARES SÜDOSTASIEN)

在東南亞幾千座島上，生活著數百種不同語言和文化的族群。來自印度的商人及僧侶將文字藝術傳入這些島嶼（大約在6世紀傳到爪哇，9世紀到菲律賓）。15世紀，隨著阿拉伯人到來，傳入了伊斯蘭教和阿拉伯文。在16至17世紀，這些島嶼便被歐洲人所殖民。這也是拉丁文成為此地區現今唯一官方文字的原因。

古母音附標文字還是流傳下來，至今仍有人在使用。

庫利坦文 (Kulitan)

塔加拉文 (Tagalog)

布希德文 (Buhid)

哈努諾文 (Hanunó'o)

塔格巴努亞 (Tagbanwa)

艾斯卡亞文 (Eskaya)

伊班文 (Iban)

爪哇

2009至2012年，曾有人嘗試用韓文字母寫出布頓島 (Insel Buton) 上的吉阿吉阿語。

巴塔克文

葛林芝 (Kerinci)

拉讓文 (Rejang)

楠榜文 (Lampung)

仁崇文 (Rencong)

吉阿吉阿文 (Cia-Cia)

布吉斯文 (Lontara)

比馬文 (Bima)

恩德利歐文 (Ende-Li'o)

巽他 (Sunda)

爪哇文 (Javanisch)

峇里文 (Balinesisch)

薩薩克文 (Sasak)

薩塔拉強塔文 (Satera Jontal)

爪哇文

其他印尼文字最古老、使用最廣泛的文字和原有格式。尤其爪哇文的標點符號特別漂亮！

ha	na	ca	ra	ka	da	ta
sa	wa	la	pa	dha	ja	ya
nya	ma	ga	ba	tha	nga	
a	i	e	é	o	u	
pi	pe	pé	po	pu		
pang	par	pah		p		

例如，大家會把標點符號普瓦帕達 (Purwapada) 寫在詩的開頭。

巴塔克人的甲骨文折疊書有自己的文字。其他島嶼原住民則維持著沒有文字、古老的生活習慣及方式，就像蘇拉威西島 (Sulawesi) 上的托那加人 (Toraja) 一樣，對我們歐洲人來說，是古怪的習俗。

巴塔克文

a	ha	ka	ba	pa	na
wa	ga	ja	da	ra	ma
ta	sa	ya	nga	la	nya
-i	-u	-e	-i	-o	-u
-ng	—				

SURAT BATAK

來！阿嬤，妳最愛的香煙在這！

達亞—伊班族 (DAYAK-IBAN)

嘿，年輕人。獵人頭已經落伍了，是時候走向文明了。學學字母吧！

婆羅洲島上的達亞族在叢林中以狩獵採集爲生，沒有自己的文字。直到1947年，東庚·安納·宮谷 (Dunging anak Gunggu) (1904-1985) 才爲達亞—伊班族發明出一種音節文字。

布吉斯文

ka	ga	nga	ngka	pa	ba
ma	mpa	ta	da	na	nra
ca	ja	nya	nca	ya	ra
la	wa	sa	a	ha	

-i   -u   -e   -ə   -o

塔加拉文（又稱巴貝因文）

ba ka da/ra ga ha la ma
na nga pa sa ta wa ya
a e/i o/u -e/i -o/u

我們曾有自己的字母和文字，卻像小船一樣消失了，被波濤洶湧的風暴捲走了……

扶西·黎刹 (José Rizal) (1861-1896) 菲律賓民族英雄

塔加拉文是170種菲律賓語言中的一種，也是現今菲律賓官方語言的基礎。使用語言人口有幾百萬人。在被西班牙征服之前，是以貝巴因文 (Baybayin) 所拼寫。如今，塔加拉文僅用於裝飾目的（紋身、標誌、鈔票等）。曾經有人建議使其成爲正式官方文字。

共和國萬歲！

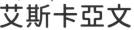

開槍！

在薄荷島 (Insel Bohol) 巧克力山 (Chocolate Hills) 後面的森林中，生活著神秘的失落族群艾斯卡亞族。其創始人馬利安諾·達塔漢之前曾是一名士兵，也曾發明人造語言和音節文字，用來祈禱和誦經。有關其語言起源的說法則是相當荒謬：從希伯來文到外太空文，一切都包括在內。

馬利安諾·達塔漢 (Mariano Datahan) (1875-1949)

艾斯卡亞文

48個基本字母
1065個字音文字

a	wa	bla	bra	gla	gra
kra	pa	pla	pra	ma	nga
ap	ag	al	am	an	ar
e	be	ble	bre	ce	ke
pre	ge	gle	gre	je	che

45

Kapitel 3

Schriften-Schöpfer

字 型 ― 創 造 者

高加索字母

亞美尼亞文					
Ա ա	A	Ծ ծ	Z	Ջ ջ	dsh
Բ բ	B	Կ կ	K	Ռ ռ	rr
Գ գ	G	Հ հ	H	Ս ս	S
Դ դ	D	Ձ ձ	ds	Վ վ	W
Ե ե	Je	Ղ ղ	gh	Տ տ	T
Զ զ	S	Ճ ճ	tsch	Ր ր	R
Է է	Ê	Մ մ	M	Ց ց	Z'
Ը ը	Ḝ	Յ յ	j	Ու	U
Թ թ	T'	Ն ն	N	Փ փ	P'
Ժ ժ	sh	Շ շ	sch	Ք ք	K'
Ի ի	i	Ո ո	(w)o	Օ օ	O
Լ լ	L	Չ չ	tsch'	Ֆ ֆ	F
Խ խ	ch	Պ պ	P		

喬治亞文					
ა	A	მ	M	ღ	gh
ბ	B	ნ	N	ყ	q'
გ	G	ო	O	შ	sch
დ	D	პ	P'	ჩ	ts
ე	E	ჟ	zh	ძ	dz
ვ	V	რ	R	წ	ts'
ზ	Z	ს	S	ჭ	ch'
თ	T	ტ	T	ხ	kh
ი	i	უ	U	ჯ	j
კ	K'	ფ	P	ჰ	H

亞美尼亞和喬治亞字母至今仍在使用。阿爾巴尼亞在10世紀被征服之後，其語言和文字都消失了。現今某些民族，即列茲金人(Lezgins)、烏迪內人(Udines)和札克胡爾人(Zakhurs)，都認為自己是阿爾巴尼亞族的後裔，並使用高加索阿爾巴尼亞語表彰其身份認同。但是，在日常生活中，他們還是使用斯拉夫字母或拉丁字母。

斯拉夫字母 (SLAWISCHE ALPHABETE)

親愛的兄弟，是時候讓這些斯拉夫人改信基督教了！我們必須爲他們翻譯聖經。他們看不懂希臘文。

西里爾（Kyrill）& 梅福季（Method）

但還有這些不可能發出的齒擦音（Zischlaut）！我們應該爲它們多發明一個字母！

好主意！

那麼，就從十字架開始，以榮耀我們的上帝吧！

兩兄弟把事情搞複雜了。大家大可以用希臘字母，並加入一些希伯來文或科普特文的符號。

克萊門特·凡·奧赫里德 (Kliment von Ohrid)

格拉哥里字母 依格拉哥里文（斯拉夫文）意思＝字

A	B	V	G	D	E	Z	DZ	Z	i/j
i/j	DZ	K	L	M	N	O	P	R	S
T	U	F	CH		ST	TS	č	š	[ш]
Y[ɨ]	[ə]	[æ]	ju	ja	jö	jĕ	jõ	th	Y

西里爾字母

А	Б	В	Г	Д	Е	Ё	Ж	З	И
A	B	V	G	D	E	jo	ž	z	i
Й	К	Л	М	Н	О	П	Р	С	Т
j	K	L	M	N	O	P	R	S	T
У	Ф	Х	Ц	Ч	Ш	Щ	Ъ	Ы	Ь
U	F	CH	TS	č	š	šč	..'	Y	..'
Э	Ю	Я	Ђ	Љ	Њ	Ћ	Џ		
[ɛ]	ju	ja	DZ	Lj	Nj	tɕ	TS		

只有在克羅埃西亞才能看到，以教堂文字形式存活至20世紀的格拉哥里字母。現今，此文字更被看作是當地的國家象徵。

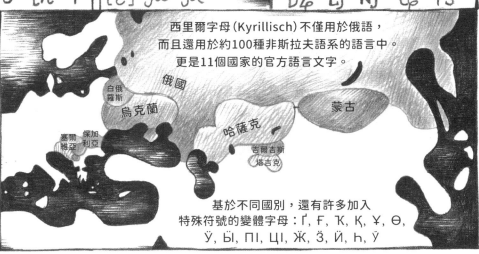

西里爾字母（Kyrillisch）不僅用於俄語，而且還用於約100種非斯拉夫語系的語言中，更是11個國家的官方語言文字。

俄國　白俄羅斯　烏克蘭　蒙古　哈薩克　塞爾維亞　保加利亞　吉爾吉斯　塔吉克

基於不同國別，還有許多加入特殊符號的變體字母：Ґ, Ғ, Қ, Қ, Ұ, Ө, Ÿ, Ы, Ӏ, Ці, Җ, З, Й, h, ÿ

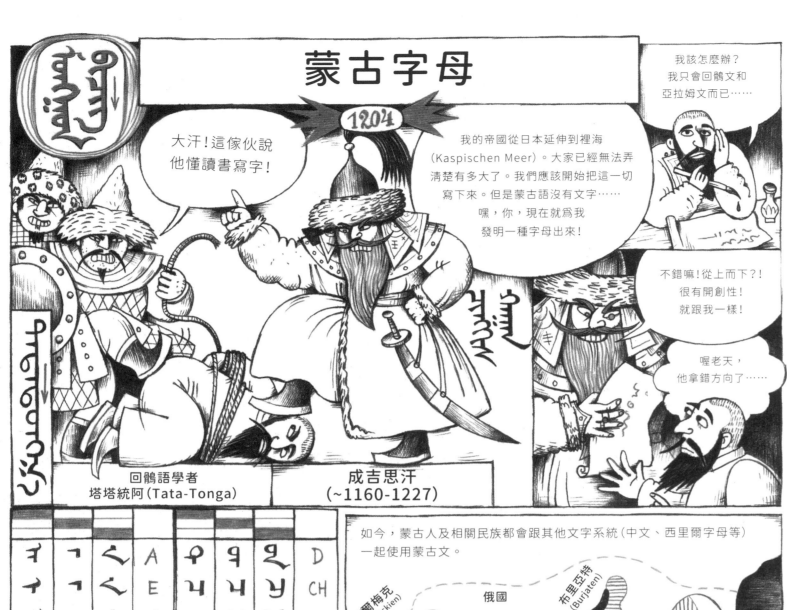

蒙古字母

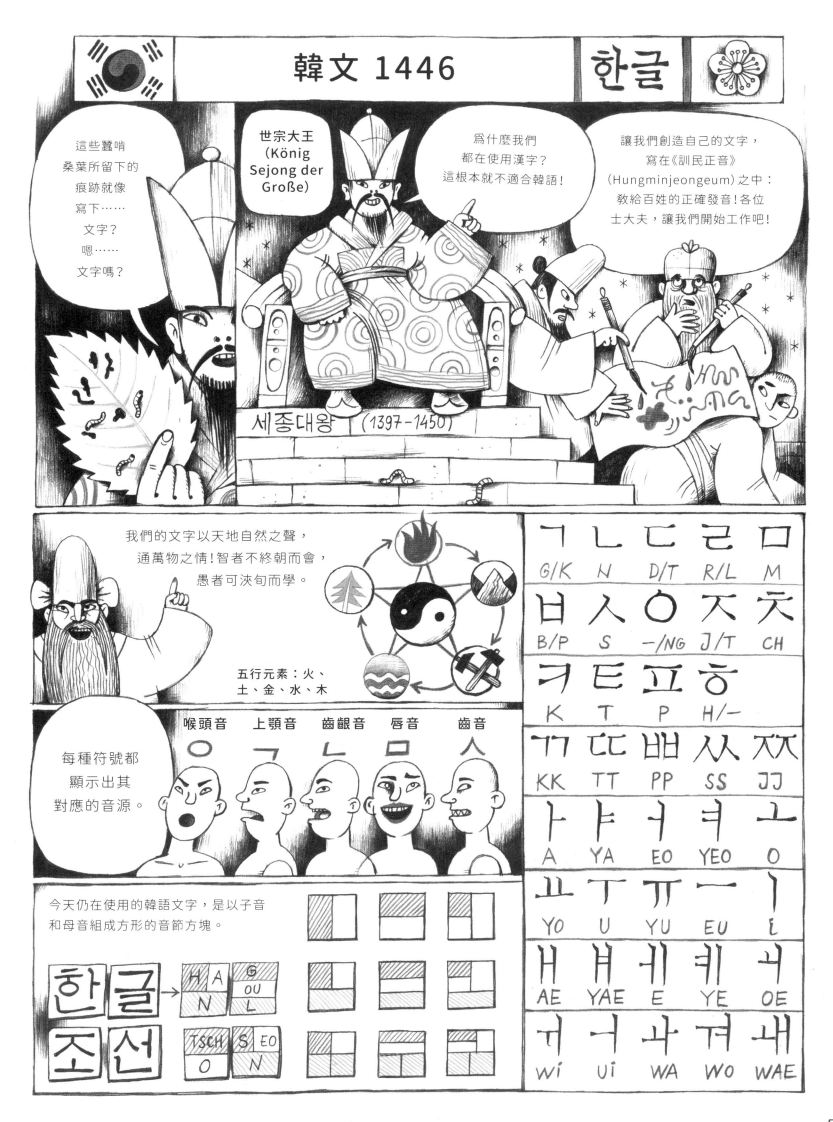

阿迪瓦希（ADIVASI）文

阿迪瓦希(原住民)自稱為印度的少數民族,他們一直以孤立或遊牧的方式在生活,並未融入印度社會。他們的語言屬於十分不同的語系,其與蒙達語(Munda)、孟一高棉語的關聯,還遠比其鄰國的語言更為密切。

1871年,所有英屬印度遊牧民族(127個部落約1300萬人口)依《刑事部落法》被宣判為罪犯,並禁止其生活方式。他們受到警察監視,其孩子也被帶離另行安置。

到今天為止,大約有8000萬阿迪瓦希人受到排擠和偏見。許多阿迪瓦希人生活在貧窮標準線以下,沒有機會受教育。他們在很多地方,由於工業發展和自然資源開採,也被趕出其定居點。因此,主張反社會及財富不均的毛派反叛分子,便在阿迪瓦希地區得到許多支持者。自1967年以來,東印度的暴力衝突便持續不斷。

這些全在西藏南部,所以實際上還是中國!

七姊妹邦

印度東北各邦(1)阿薩姆邦(2)阿魯納恰爾邦(Arunachal Pradesh)(3)那加蘭邦(Nagaland)(4)梅加拉亞邦(Meghalaya)(5)曼尼普爾邦(Manipur)(6)米佐蘭姆邦(Mizoram)和(7)特里普拉邦(Tripura),幾乎不受梵文文化影響。當地民族與印度支那的高山族群有更多共同之處,其中許多是基督徒。因為印度中央權力通常是由外來族群所取得,所以許多高山族群便為了爭取自治獨立而開戰。其中有些還是游擊隊。

中國　不丹　緬甸　印度

唐尼(Tani)　唐薩族(Tangsa)　庫魯克族(Kurukh)　薩塔利族(Santali)　左族(Zou)

托隆錫基文(Tolong Siki)　貢德(Gondi)　貢德文　瓦蘭齊地文(Warang Clti)　霍族(Ho)　索拉(Sora)　奧爾奇基文(Ol Chiki)　左萊文(Zoulai)　索拉僧平文(Sorang-Sompeng)

庫奇一考克斯(Coorgi-Cox)　果達古(Kodava)　巴達加(Badaga)　巴達加

為了自由的阿薩姆邦!

我們要建立波多蘭國(Bodoland)!

那加蘭邦不是印度的!

廓爾喀(Gorkhaland)現在就要自治!

我們以身為印度人而驕傲!

特里普拉邦社會共和國!

解放米佐族!

為了自由的曼尼普爾邦!

你們是都瘋了嗎?

促進當地語言、教育和文化已經變得越來越重要。這種唐尼文或許能成為整個邦的官方文字!

我們對此表示懷疑。印地語才是我們的通用語言!

印度政治家 東尼·克宇(Tony Koyu)

唐尼文(Tani Lipi)

Aa	Bo	O	Po	Ko	Do	Ro
Lo	Go	To	Ae	So	Ngo	Nyo
Mo	Na	Uh	Ei	Ho	ii	A
Vo	Jo	Cho	Yo	Ong		

在1930年代，蒙達族、霍族、桑塔利族、索拉族及其他的自信心都提高了。

神爲我們族人送來文字！

來吧！我要送給索拉族特有的字母！

很美的文字，對吧？

霍族的偉大蓮花！

索拉僧平文 是索拉語的字母，據說是由梵天神親自交給其創造者孟高·戈梅哥 (Mangei Gomango)。

拉古納特·穆姆 (Raghunath Murmu) (1905-1982)發明了奧爾奇基文，即桑塔利語的字母，受大家譽爲偉大的老師。他的生日也是奧里薩邦 (Odisha) 的國定假日。

拉可·柏卓 (Lako Bodra) (1919-1986)發明了一種用於霍語的母音附標文字：瓦蘭齊地文。

有志之士一直在爲阿迪瓦希語發明新字體，並設法使其廣爲人知。

亞塔普文 (Jatapu)
卡達巴文 (Gadaba)
庫比亞文 (Kupia)
蘇蓋爾文 (Sugail)
穆卡哈德歐拉文 (Mukhadhora)
寇亞文 (Koya)
庫魯文 (Kurru)

拿拉揚·奧拉姆博士 (Narayan Oraon)

托隆錫基 1999

莎塔巴蒂·芭桑娜·蘇莉教授 (Sathupati Prasanna Sree)

巴達加語有兩種版本可參考。

我的更好！

我賣假牙維生，但我的愛好是語言和寫作！

庫奇一考克斯

格雷格·考克斯 (Gregg M. Cox)

唐薩一凱姆 (TANGSA-KHIMHUN)

唐薩族在緬甸被稱爲克欽族 (Kachin)，是一個藏緬族群，由70個小部落組成，人口接近10萬。他們大約有一半是基督徒。其他則是信仰唐薩敎朗法拉，並在社交圈中使用自己的文字。

朗法拉 (Rangfrah)

A	Aa	i	E	Ai	U	Yo
Ro	Lo	Wo	So	Jo	Ko	Ho
Go	To	Do	Cho	Fo	Po	Bo
No	Mo	:	Sho	Jho	Kho	Khho
Gho	Tho	Tso	Tcho	Dho	Dso	Zo
Chho	Pho	Bho	Nyo	Ngo	Rdho	Rdo

高山族的新文字

在東南亞人跡罕至的山脈和叢林中,有許多原住民 (高山部落)。 幾個世紀以來,他們都一直過著傳統的生活,與世隔絕。其中許多人都是文盲。 最終,他們為自己的權利和尊嚴而抗爭。
其陸續打過幾次游擊戰:1901至1936年的寮國 「神聖孔泰叛變」、1918至1921年越南苗族起義、 1948年開始的緬甸克倫族獨立戰爭,以及1964至 1992年越南、寮國和柬埔寨被壓制民族鬥爭統一 戰線(FULRO)等。通常抗議活動還算溫和。 因此,持續使用固有的文字便成為「實質國家」 的重要象徵。

蒙苗族(Hmong)／伯格理

中國

印度

傈僳族／富能仁

傣泐文

左塔萊(Zotuallai)

緬甸

帕哈苗文(Pahawh Hmong)

寮國

姆魯(Mru)

孔泰文(Khom)

泰國

柬埔寨

越南

克耶李文(Kayah Li)

伯格理苗文 1905

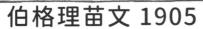

要怎麼把這些音全部再發出來?

嗯……

英國傳教士山繆·伯格理
(Samuel Pollard)(1864-1915)

老傈僳文 1915

JI-SUKUZI-IL

我大玩拉丁字母文字遊戲,用現有排版字型就能印刷。

英國傳教士
詹姆士·富能仁(James O. Fraser)
(1886-1938)及中國傈僳族

包欽豪 (Pau Cin Hau)

包欽豪(1859-1948)是居住在緬甸、孟加拉 和印度的欽邦(Chin)梯頂鎮(Tedim)的農民, 自覺受波斯神祇感召而宣揚一種新宗教。 1902年,包欽豪自創一套文字系統左塔萊, 用以寫下啓示和讚美詩。現今,仍有些 波斯教徒生活在緬甸山區。

孔泰文 1924

生活在寮國的孔泰族，爲了擺脫法國和寮國的統治而抗爭。
他們的領袖翁·貢曼丹 (Ong Kommandam)（?-1936）自認爲是個巫師，並爲其族人發明了一種超凡的、具有魔力的母音附標文字。

別怕！我們的上帝會將法國子彈變成花朵！相信我，我是上帝的使者！

可惡！怎麼會是眞的……

帕哈苗文 1959

楊雄錄 (Song Lue Yang)（1929-1971）是位樸實的農民，也是文盲，他到苗族中傳道並傳播他的「救世文字」（帕哈苗文）。寮國和越南的許多苗族人因此學會識字和書寫，並崇拜楊雄錄爲先知。

上帝把這段經文傳給了苗族！用此文字之人便能得救！

這個什麼楊的，太火紅了。快除掉他！

遵命！

帕哈苗文是一種字母和音節文字的自由組合。
帶有音調的母音有104個字符

$\text{ı̊ } (i\text{ʔ}) \quad \text{ı̇ } (iˊ) \quad \text{ı̆ } (i˩) \quad \text{ŋ } (i\dashv) \quad \text{ŋ̊ } (i\dashv)$
$\text{ə̇ } (a\text{ˊ}) \quad \text{U } (a\text{˩}) \quad \text{U̇ } (a\dashv) \quad \text{Ū } (a\dashv) \quad \text{Ŭ } (a\dashv)$

及60個子音：
$R (m\text{-}) \quad \text{ɔ̆ } (t\text{-}) \quad \text{ᄇ } (mph)$
$\forall (c\text{-}) \quad K (nts\text{-}) \quad M (ph\text{-}) \quad M (nth) \quad U (n\text{-})$

克倫文 (Karen-Schrift)（克耶李文）1962

殖民政權把弗朗族 (Phlong)、克耶李、帕奧 (Pa'o)、帕丹 (Padaung) 等15個相關民族稱爲克倫族。
自1948年以來，克倫族與緬甸政府之間就爆發了很多產生死傷和難民的內戰。1962年，德赫布菲 (Khu Htae Bu Phae) 亦發明了克倫字母，作爲獨立的象徵。

ka	kha	ga	nga	sa	sha	zha	nya
ta	hta	na	pa	pha	ma	da	ba
ra	ya	la	wa	tha	ha	va	ca
a	oe	i	oo	ê	o	↗	
u̶	e	u					

繆族 (Mro)：克拉馬文 1980

姆魯族或繆族是欽族的一支。根據傳說，他們從上帝那裡得到文字和法律，但是所有書本都被一頭牛吃了！
因此，姆魯族只好兩手空空的坐著，直到1980年左右曼萊·繆蘭 (Menlay Murang) 終於爲其語言發明文字。

喔，不！

ta	ngi	yo	mim	ba	da	a	phi
khai	hao	dai	chu	keage	ol	maem	nin
pa	oo	o	ro	shi	thea	ea	wa
e	ko	lan	la	hai	ri	tek	

非洲文字

非洲有超過2000種語言，
其中有很多相當複雜的語言，
有些甚至尚未被探索。
不過，在非洲大陸上只有三種
官方文字，這也是長期殖民的結果。
在許多地方，部落頭目、
教師和農民也不斷地嘗試
用母語書寫。

曼多姆貝

i	u	e	o	a	ü
na	va	sa	ta		
be	de	fe	ge		
ko	mo	lo	po		
wi	ri	zi	yi		
shu	dju	tshu	ju		

科普特語

肯茲文 (Kenzi)
~1990

札格哈瓦 (Zaghawa)
~1980

就死在地牢裡吧！

現今，金邦谷教堂擁有數百萬的追隨者。

西蒙爸爸來到我的夢中，並給了我這些神聖的文字！所有非洲人都應該用這些文字，而非用殖民者的血腥文字！

西蒙·金邦谷 (Simon Kimbangu) (1887-1951) 是剛果基督教社區的創始人，他在1921年被比利時殖民政權判處監禁，並在監獄中服刑30年後去世。

博拉馬 (Borama)
1933

奧羅莫文 (Oromo)
1956

奧斯曼尼亞 (Osmaniya)
1922

索馬利亞人受到阿拉伯的影響已有數百年之久，他們也會寫阿拉伯文。在20世紀，還曾三度嘗試創設獨立的索馬利亞文字

卡達雷 (Kaddare)
1952

盧歐 (Luo)
2009

斯格諾爾 (Signore)，你被控貪污和支持極端主義，現在乖乖入獄吧。

……這只不過是文字……

政治家兼作家奧斯曼·尤瑟夫·肯納迪 (Osman Yusuf Kenadid) 發明了一種字母，該字母在1961至1972年間成為官方文字。

姆旺維戈文 (Mwangwego) 1979

奧斯曼尼亞 ★

'	dh	h				
b	c	y				
t	f	a				
j	g	e				
x	q	i				
kh	k	o				
d	l	u				
r	m	aa				
s	n	ee				
sh	w	oo				

巴姆繆文1896

恩喬亞國王為他的人民發明了七種文字系統，一開始有數百個圖符，之後再加入字音文字。

a ka u ku e re ta c
i n c
la pa ri re te me ta nda

迪特馬文 (Ditema)
2014

迪特馬音節文字 (DITEMA TSA DINOKO) 2014

一群南非語言學家和藝術家為非洲語所設計的一種音節文字。

普樂·韋爾奇 PULE WELCH

母音
i u e o ɔ a

子音
w ph th ch f s sh
m̃ ñ ŋ̃ m n

噴音 ★
wa di p'u wɔ

米克馬克 (MI'KMAQ) 聖書體

米克馬克印地安人是北美最早與歐洲人接觸的居民。首先是來自西班牙、法國和英國的漁船和商人，然後是基督教傳教士。許多米克馬克人對耶穌充滿熱忱，並成為天主教徒。

1677年，年輕的方濟會修道士克里欽·樂克萊克 (Chrétien Le Clercq) (～1655-1698) 來到加拿大，在很短的時間內學會了米克馬克語，並開始成功的傳道。

上帝之子為我們犧牲了自己。

他們真的相信嗎？

加拿大加斯佩半島 (Gaspésie-Halbinsel)

你在寫我的佈道內容嗎？

哦，只有這樣……我才能記得住。

如果能為每個符號下一個確切含義，我就可以為他們寫下教義和詩歌……

我們的父親	在天堂	坐著的	會	你的名字
尊敬的	在天堂	我們	會	
你	看見			
如你所服從				

Nušinen wayok ebin tšiptuk delwidžin …

您為什麼不教印地安人拉丁字母？

野蠻人不會理解我們的語言。只會糟蹋文字而已。

牧師皮耶·麥拉德 (Pierre Maillard) (～1710-1762) 擴充了米克馬克的文字。

你一定要把全部學好、背熟！

麥拉德死後，米克馬克仍持續其書寫文字約100年。現今，他們則使用拉丁字母。

加拿大原住民音節文字

在歐洲人到來之前，北美生活著許多不同的族群：印第安人和伊努特人，他們使用多種不同的語言。
ᐃᓄᒃᑎᑐᑦ
伊努特文(Inuktitut)
格陵蘭島
加拿大
ᑕᗸᒡ
達凱爾文／卡里爾文
(Dakeln／Carrier)
ᓀᐦᐃᔭᐍᐏᐣ
克里文(Cree)
ᐊᓂᔑᓈᐯᒧᐎᓐ
奧吉布瓦文
ᓇᔅᑲᐱ
那斯卡比文(Naskapi)
黑腳文
(Blackfoot)
美國

越來越多來自歐洲的白人獵戶、漁夫和傳教士侵入印地安人的領土。
HBC

詹姆斯·艾凡斯(James Evans)(1801-1846)，衛理公會傳教士

偉大的神靈成就了我們所有人。對你們，他賦予你們藥和祈禱，對我們，也給了我們的。我爲什麼還要……？
您必須用自己的語言閱讀上帝所傳的道，這樣才能理解！

酋長包芝—基芝—瓦西庫姆(Bauzhi-Geezhig-Waeshikum)

克里字音文字

艾凡斯用速記來創造克里文字。每個符號都具有一個音節，通過旋轉該符號，就能區分出不同的母音：ᑎ – ti，ᑐ – to，ᑕ – ta 等。如果沒有母音跟隨子音，則改寫成一半大小。長母音標有圓點。至於外來語其他發音，之後又另外發明符號：ᗯ, ᖌ, ᗷ, ᗄ, ᕈ, ᖶ, ᖊ, ᑌ, ᐯ usw.

		P	T	K	C	M	N	S	Š	Y	W	R	L
Ê	ᐁ	ᐯ	ᑌ	ᑫ	ᒉ	ᒣ	ᓀ	ᓭ	ᔐ	ᔦ	ᐍ	ᕃ	ᓓ
i	ᐃ	ᐱ	ᑎ	ᑭ	ᒋ	ᒥ	ᓂ	ᓯ	ᔑ	ᔨ	ᐏ	ᕆ	ᓕ
Î	ᐄ	ᐲ	ᑏ	ᑮ	ᒌ	ᒦ	ᓃ	ᓰ	ᔒ	ᔩ	ᐑ	ᕇ	ᓖ
o	ᐅ	ᐳ	ᑐ	ᑯ	ᒍ	ᒧ	ᓄ	ᓱ	ᔓ	ᔪ	ᐓ	ᕈ	ᓗ
Ô	ᐆ	ᐴ	ᑑ	ᑰ	ᒎ	ᒨ	ᓅ	ᓲ	ᔔ	ᔫ	ᐕ	ᕉ	ᓘ
A	ᐊ	ᐸ	ᑕ	ᑲ	ᒐ	ᒪ	ᓇ	ᓴ	ᔕ	ᔭ	ᐘ	ᕋ	ᓚ
Â	ᐋ	ᐹ	ᑖ	ᑳ	ᒑ	ᒫ	ᓈ	ᓵ	ᔖ	ᔮ	ᐚ	ᕌ	ᓛ

"	|	/	\	_	(	ᑐ	ᑎ	ᑌ	+	o	≥	≤
ᐦ	ᑉ	ᑦ	ᒃ	ᒡ	ᒻ	ᓐ	ᔅ	ᔥ	ᔾ	ᐤ	ᕐ	ᓪ
H	P	T	K	C	M	N	S	Š	Y	W	R	L

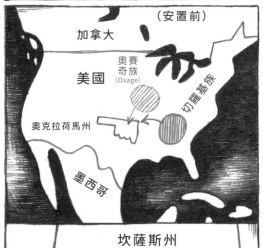

切羅基音節文字 /ᏣᎳᎩ ᏍᏏᏆᏯ

Sequoyah (1763–1843)

切羅基族屬於白人所劃分的印地安文明化五部族之一，並在1820年左右建立自治政府。1821年，賽閣雅成功把自己發明的文字傳播於部落中。不久，幾乎所有切羅基人都能讀書寫字，甚至可以印刷自己的報紙。現今，切羅基人是北美最大的原住民，他們維護著自己的文化、語言和文字。

	A	E	I	O	U	V
G/K	Ꭶ Ꭷ	Ꭸ	Ꭹ	Ꭺ	Ꭻ	Ꭼ
H	Ꭽ	Ꭾ	Ꭿ	Ꮀ	Ꮁ	Ꮂ
L	Ꮃ	Ꮄ	Ꮅ	Ꮆ	Ꮇ	Ꮈ
M	Ꮉ	Ꮊ	Ꮋ	Ꮌ	Ꮍ	
N/HN	Ꮎ Ꮏ	Ꮠ	Ꮒ	Ꮓ	Ꮔ	Ꮕ
QU	Ꮖ	Ꮗ	Ꮘ	Ꮙ	Ꮚ	Ꮛ
S	Ꮜ Ꮝ	Ꮞ	Ꮟ	Ꮠ	Ꮡ	Ꮢ
D/T	Ꮣ Ꮤ	Ꮥ Ꮦ	Ꮧ Ꮨ	Ꮩ	Ꮪ	Ꮫ
DL/TL	Ꮬ Ꮭ	Ꮮ	Ꮯ	Ꮰ	Ꮱ	Ꮲ
TS	Ꮳ	Ꮴ	Ꮵ	Ꮶ	Ꮷ	Ꮸ
W	Ꮹ	Ꮺ	Ꮻ	Ꮼ	Ꮽ	Ꮾ
Y	Ꮿ	Ᏸ	Ᏹ	Ᏺ	Ᏻ	Ᏼ

哇－札－噴－(WAH-ZHA-ZHE) 字母

奧賽奇人是蘇族一個小型印地安部落。2005年，在其他所有奧賽奇人都用英語交談，而最後一位仍會說同部落語言的路西耶·魯貝多 (Lucille Roubedeaux) 去世時，復興語言的計畫便開始了。奧賽奇語老師赫曼·路告甚至在2006年發明另一種字母「哇－札－噴」，（即奧賽奇人對自己的稱呼）。現今，還有一些讓孩子得以學習祖先語言的課程。

愛爾蘭裔美國語言學家赫曼·孟格然·路告 (Herman Mongrain Lookout) 和萬國碼專家米榭爾·艾凡森 (Michael Everson)

在澳大利亞和大洋洲上，
只有發展出少數的文字系統。
在復活節島上，有直到今天才
破譯神祕符號的拉帕努伊族
(Rapa Nui)木板。然而，尚不清楚
克豪朗格朗格文(Kohau Rongorongo)是
真正的文字系統，或是僅僅是圖像記憶技術。
這些符號的意義早已在19世紀就已遺忘了。

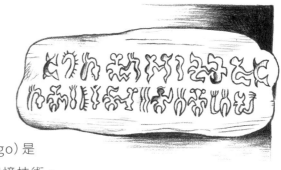

在1900年，歐洲傳教士造訪了
密克羅尼西亞(Mikronesien)的加羅林群島
(Karolinen-Insel)，並試著教導當地人
如何寫字。島民把拉丁字母誤認爲是
字音文字，並發展了自己的字音文字
「沃萊艾」(Woleai)，直到1950年，
這些文字仍在某些環礁上使用。

沃萊艾文

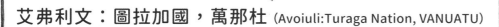

艾弗利文：圖拉加國，萬那杜 (Avoiuli:Turaga Nation, VANUATU)

萬那杜共和國住著100多個族群，擁有110多
種當地語言，算是世界上語言密度最高的地方！
彭特科斯特島上的拉加族在1983年自行宣布爲
一個自治國家，並且努力維持其傳統生活方式。

頭目維拉里奧‧波波倫瓦努阿
(Viraleo Boborenvanua)則發明一種
部落語言字母。其字型來自傳統的沙畫。

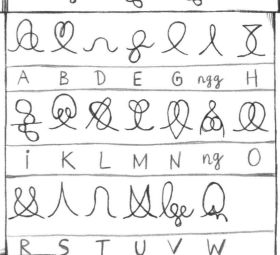

A	B	D	E	G	ngg	H
i	K	L	M	N	ng	O
R	S	T	U	V	W	

我們銀行
接受動物頭骨和
豬牙作爲投資！

豬和豬牙一直是
太平洋地區繁榮的象徵！

頭目
維拉里奧‧波波倫瓦努阿

古彼爾姆文 (Altpermische Schrift) 安布爾文 (Anbur)

中世紀科米族 (Komi) 中的芬蘭－烏格爾族 (finno-ugrische Volk) 具有其國家：大彼爾姆 (Groß-Perm) 帝國。其王子十分聰明，跟莫斯科戰而不和，起初先是俄羅斯的盟友，後來變成俄國的臣民。在此過程中，有位傳教思想深厚的僧人斯特凡·佩姆斯基 (Stefan Permski) (～1340-1396) 前往大彼爾姆帝國宣教。他嚴酷奉行傳統信仰，並將教堂的書籍翻譯成科米文。為此，他甚至自行發明字母，並持續使用至18世紀。今日，又稱為安布爾的文字再度受到重視，以作為科米族身份的象徵。

好了，大家！停止這種可笑的樹木崇拜吧！我為你們翻譯了聖經！

連神聖樺樹對上他都不安全！這位俄羅斯神一定很強大。我想我們應該要投降。

德國

白俄羅斯

科米共和國

科米－彼爾米亞克自治區 (Autonomer Kreis der Komi-Permjaken)

俄國

哈薩克

烏茲別克

土庫曼

a	b	g	d	e	zh	dzh	z	dz	i	k	l	m	n	ô	p	r	s	t	u	ch	sh	y	yat	v	ö

布塔庫奇耶文 (BÜTHAKUKYE)

波士尼亞
塞爾維亞
蒙特內哥羅
保加利亞
馬其頓
阿爾巴尼亞
希臘
義大利

直到1912年，阿爾巴尼亞人才擁有自己的國家。他們之前都居於外來征服者之下。

GJUHA SHQIPE

ΓJOYXA ŞĶIΠE

جوخا شڭيبء

在鄂圖曼帝國的統治下，許多阿爾巴尼亞人改信伊斯蘭教，而部分仍維持為基督徒。多數阿爾巴尼亞人既不會讀書，也不會寫字。學校沒有提供阿爾巴尼亞文課程，更沒有使用阿爾巴尼亞文的書籍。受過教育的少數人必須說土耳其語、義大利語或希臘語。

我夢想所有阿爾巴尼亞人的團結！消除宗教上的分歧，讓我們放下壓迫者的語言和文字！阿爾巴尼亞文化只能以我們的母語延續。我的新字母布塔庫奇耶文將會團結所有阿爾巴尼亞人！

納烏姆·韋奇爾哈吉爾 (Naum Veqilharxhi) (1797–1846)

b	g	l	t
a	j	m	f
ë	dh	n	h
i	d	ng	x
o	th	ts	
u	dz	r	ts'
ü	k	s	c
v	q	sh	e

作家、漫畫家、電影和電腦遊戲製造商經常為幻想世界中的外星人、神話生物或未來人類發明人造語言和字母。第一個歐洲文學人造語言也許是由德國通才修女賀德加·凡賓根（Hildegard von Bingen）於12世紀創作的。

一本1516年出版的書，為文學界創立了新方向，並影響了數百年來的政治思想：即湯瑪士·莫爾斯的《烏托邦》。這本書描述了一座虛構島嶼上的幻想社會。從那時起，許多科幻小說中所建構的未來世界都被稱為「烏托邦」。莫爾斯更創造了一種虛構語言。

烏托邦字母

字母也很美好！

1486 1533
彼得·賈爾斯（Pieter Gillis）

1478 1535
湯瑪士·莫爾斯（Thomas Morus）

喔，我的老天啊！太可怕了！

在我們那裡，丈夫隨時能把他的妻子吃了。這很正常。

喔，老天

1098 ✝1179

祕名字母 （Litterae Ignotae）

一位法國冒名頂替人士喬治·薩瑪納札（George Psalmanazar）（1679-1763）假裝是臺灣人。他十分樂於哄騙好奇的聽眾，甚至出版了一本關於他「家鄉」的書：《福爾摩沙變形記》。這騙子還發明了「臺灣語」和字母呢！

A M N T L S V B H P K O I X D Z E F R G

中土 世界文字

英國語言學家兼作家托爾金以其史詩小說《魔戒》而聞名，他精通多種語言，還爲精靈、矮人和哈比人發明包括字母在內、多達15種的新語言。

約翰·羅納德·魯埃爾·托爾金
(John Ronald Reuel Tolkien) (1892–1973)

色斯文

談格瓦文 (Tengwar)

關於母音，在子音之前或之後有變音標記。

a e i o u y

矮人族最愛的符文

64

星際爭霸戰 (STAR TREK)

星際爭霸戰是派拉蒙電影公司一部成功的美國科幻影集。自1966年電視連續劇開始以來，已經創造出無數電影、電視連續劇、漫畫、書籍和電玩遊戲，以供數百萬計的星艦迷 (Trekkies) 觀賞、閱讀，甚至扮演。

星際爭霸戰中的宇宙，是由無數顆星球所組成，居住著許多外星人。光是星際聯邦 (Vereinten Föderation der Planeten) 就有150多個世界。

幾乎所有的外星人都是類人物種：安多利人 (Andorianer)、佛瑞吉人 (Ferengi)、羅慕倫人 (Romulaner)、新地人 (Xindi) 等。而其中一位核心人物，即史巴克 (Spock) 大副，更是瓦肯人 (Vulkanier) 的代表。

克林貢人 (Klingons) 是驍勇善戰的種族，殘酷強悍、正直又勇敢，所以特別受歡迎。事實上，製作商亦為他們開發出一套完整的語言。

yuDHa'ghach law' Hoch puS!

其他外星人種也有其語言和文字。「來自遙遠星系」的文字卻與現世的英文有著驚人的對應關係⋯⋯若是大家能看看自己星球上的文字系統有多麼豐富精彩，相比之下，發揮範圍本應無所限制的幻想世界文字，似乎就顯得十分單調。

大約在1984年，語言學家馬克·歐克朗創造了克林貢語及其附帶相關的所有內容。如今，該語言甚至算是一般使用語言，同時國際標準組織亦承認其為一種真正的語言。

語言學家
馬克·歐克朗
(Marc Okrand)

設計師
麥特·傑佛瑞
(Matt Jefferies)

克林貢文

a b ch D e gh H
I j l m n ng o
p q Q r S t tlh
u v w y

TM&© 2019 哥倫比亞廣播公司 (CBS Studios Inc.)。星際爭霸戰及其相關標誌為哥倫比亞廣播公司之商標。版權所有、翻印必究。

Anhang

附 錄

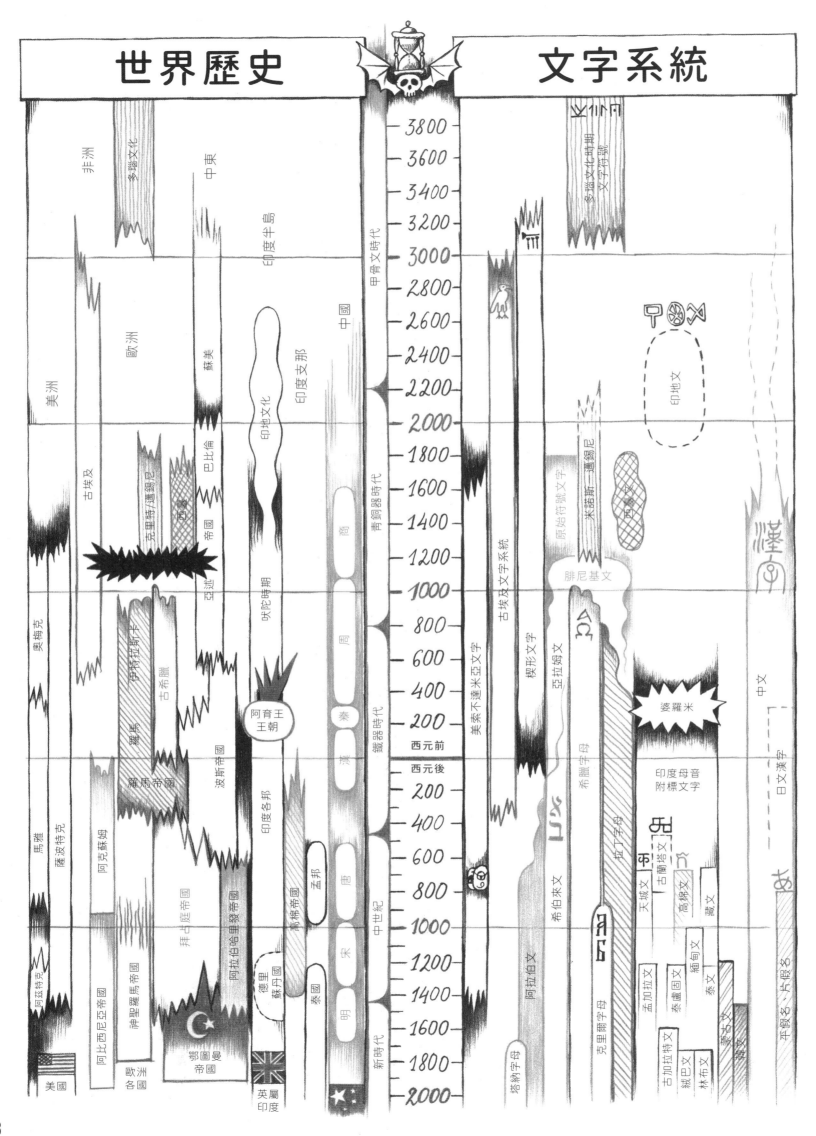

作者後記

人類所發明的各種文字系統，實在令人著迷。令人驚訝的是，竟然能用如此多種不同的方式來捕捉語言，人類的創造力是多麼無窮無盡，把歷史和個人特色與許多文字系統聯繫在一起！多元的文字符號之美，就算無法解讀其單一或全文意思，都能為人帶來相當大的快樂。

每種文字系統有其複雜方式，而且其起源都與特定語言相關。有很多有時看似難以理解的規則。只憑著書上一頁，是無法解釋全部內容的。還需要一本教科書，或是甚至最好有一位好老師，以及大量的時間才能學好阿拉伯語、泰語或日語，特別是其文字。本書僅是試著介紹其基本背景，以激發大家的好奇心，當然沒辦法學到所有語言文字，試想僅僅中文字就有幾千個吧！

如今，大家可以在網路上輕鬆找到每種語言和文字，以及其相關無數個訊息、介紹和教學影片。在柏林、倫敦、新德里或貝魯特等城市中，我們在T恤、紋身或廣告海報上與世界各地的文字，即阿拉伯文、衣索比亞文、孟加拉文、中文，或是普遍用於「拉丁系」西歐的西里爾文共生共存。即使是最偏遠地區最稀有語言的使用者，也只需要點

點滑鼠就行了。編碼選項變得越來越簡單和廣泛，還能在電腦或智慧型手機上輕鬆看到，並使用越來越多的文字種類。而全世界電子通訊只有26個拉丁字母的時代，不過是在不久之前的事。而現在，簡訊要以具4,000年歷史的楔形文字打出來嗎？沒問題。電子郵件要用蘇拉威西島上過去只寫在棕櫚葉上的布吉斯文來寫嗎？再簡單不過了！

在網頁www.unicode.org/charts/上，具有各種萬國碼文字系統，即全世界現存文字語種完整的字元符號，例如，古波斯文的萬國碼方塊。我們能因此體驗到地球上最終極的文字知識，即現存語言所有的書寫文字。甚至可以為該過程貢獻己力：開發一種還不為人知的文字，一種尚未按照萬國碼標準進行編碼的文字，以便將來可以在電腦上使用，即發明新文字！誰能說得準，這文字對大家的影響及書寫的未來發展呢？真是又期待又興奮！

約翰納斯·伯格豪森教授 後記

畫出文字來！閱讀這本書讓我十分愉快。維達利·康士坦提諾夫以一種豐富多元的方式，說明並介紹了各式各樣的文字。真是太棒了！

所以很快問題就來了：到底有幾種文字符號？有人計算過嗎？

可能沒有人親自逐一算過。但是，依照目前萬國碼字元標準12.0版本，所有可以用於電腦的字元（包括表情符號），數量已經達到137,929個字元。算是不少的數目。此外，每年都還會添加新字元。

……那到底有幾種文字系統？

這便是我對美國語言學家黛博拉·安德森（Deborah Anderson）博士提出研究計畫的要求。在聽取了許多專家意見，並羅列出很長的名單之後，她在幾個月後的報告中寫下：「人類在歷史上共發明出292種文字系統。」

跟網頁ethnologue.com上所列出7111種已知語言相比，這幾乎是顯而易見的。現在，每臺電腦上都只能使用292個「文字系統」中的一半以上。未來還會添加缺少的語言，方便所有區域都能使用自己的文字。因此，萬國碼召集會議也就成為「文書排版聯合國」了。

簡單介紹的話，我們在2019年設立並公開以下網站：worldswritingsystems.org。 在網頁上，就能看到所有文字系統的概述表，而且還有很多相關訊息連結。希望大家閱讀愉快！

美因茲（Mainz）應用科技大學
印刷排版暨書籍設計學系
約翰納斯·伯格豪森教授
(Johannes Bergerhausen)

參考資料及相關網頁

Johannes Bergerhausen: Digitale Keilschrift / Digital Cuneiform. Verlag Hermann Schmidt, 2014.

Johannes Bergerhausen, Siri Poarangan: Decodeunicode: Die Schriftzeichen der Welt. Verlag Hermann Schmidt, 2011.

Maria Carmela Betrò: Heilige Zeichen: 580 Ägyptische Hieroglyphen. Marix Verlag, 2004.

Peter T. Daniels, William Bright: The World's Writing Systems. Oxford University Press, 1996.

Harald Haarmann: Universalgeschichte der Schrift. Campus-Verlag, 1990.

Anja Kootz & Helma Pasch (Hg.): 5000 Jahre Schrift in Afrika: Entstehung, Funktionen, Wechsel. Universitäts- und Stadtbibliothek Köln, 2009.

Martin Kuckenburg: Eine Welt aus Zeichen: Die Geschichte der Schrift. Konrad Theiss Verlag, 2015.

Decodeunicode, Hochschule Mainz: www.decodeunicode.org

International Phonetic Association:
www.internationalphoneticassociation.org

Omniglot, Online-Enzyklopädie der Sprachen und Schreibsysteme:
www.omniglot.com

Script Encoding Initiative: linguistics.berkeley.edu/sei

Unicode Consortium: www.unicode.org

Hochschule Mainz, ANRT Nancy & SEI Berkeley:
www.worldswritingsystems.org. Von dort aus gelangt man bei jedem Schriftsystem zum englischen Wikipedia-Eintrag.

註記及翻譯

頁 7 2017年7月7日，萬國碼協會拒絕收錄更多表情符號的提案（包括皺眉大便堆（Frowning Pile Of Poo），引發了激烈的爭論。

頁 9 字謎「爲或不爲？」(to be or not to be) 取其英文諧音「two bee oar knot two bee」(二、蜜蜂、槳、繩結、二、蜜蜂)。

頁 10 耶基語具有256個動詞符號及子音，是一種科學家研發用來與人猿溝通的語言。

頁 11 Ovu-ia avakava?＝海邊在哪兒？（羅托卡語）
Addio per sempre, amore!＝永別了，心愛的人！（義大利語）
kàŋ!á'm kā||ūm＝這裡有隻非洲瞪羚！（科伊桑語）

頁 13 Nah-ne-bah o-sa aun neen-no＝我晚上去去走走。（奧吉布瓦語）

頁 21 ﻣﺎ ﻫﺬﺍ؟ (ma hdha?)＝這是什麼？（阿拉伯語）

頁 24 ご幸運を祈ります! (go ko-uno inorimasu!)) ＝祝你好運！（日語）

頁 29 貝德日赫·赫羅茲尼，捷克語言學家，因首次解譯西臺語而聞名。
艾米利·吉里洪，瑞士裔畫家，曾複製許多上古代藝術品，最後亦被證明爲贗品。
亞瑟·艾凡斯，公認爲米諾斯文化的發現者，並以挖掘出克諾索斯宮殿而聞名於世。

頁 32 On gelt iz keyn velt＝沒錢寸步難行。（意第緒語）

頁 33 Απόψε κάνεις μπάμ … (Apópse Káneis bam …) ＝今晚你就這樣做……（希臘語）
ελα! ελα! (éla! éla!) ＝來了！來了！（希臘語）

頁 34 VERBA VOLANT, SCRIPTA MANENT＝話語會流逝，文字會留下。（拉丁諺語）
CLAVDIVS＝克勞迪烏斯 (Claudius) 爲羅馬帝國皇帝，西元前10年至西元54年。

頁 35 Bạn đến từ đâu? ＝你來自哪裡？（越南語）

頁 37 格林兄弟以集結德國童話和民間故事、語言學家及民俗專家而聞名。他們也是奠定德國研究的開創者。

頁 39 阿杜布勒－阿斯瓦德－杜阿利是阿拉伯文教師。他發展出一種能讓大家以正確阿拉伯文讀懂可蘭經的文法。

頁 40 說印歐語系語言的人稱爲雅利安人。依照國家民族主義，該詞與種族主義相關，也會令人聯想到大屠殺。

頁 42 शान्तिः (´sa-ntih.) ＝Shanti (內在平靜) (梵語)

頁 45 ¡Viva la República! ＝共和國萬歲！（西班牙語）

頁 49 西里爾和梅福季：兩個來自帖撒羅尼迦 (Saloniki) 的兄弟，又稱爲斯拉夫使徒，是在斯拉夫地區非常成功的傳教士。西里爾字母是以西里爾爲命名，但西里爾是發明較古老的格拉哥里字母。

頁 51 韓語的文法原則是如此簡單，以至於大家能在幾個小時內學會讀寫。其邏輯結構亦得到全球肯定；牛津大學已將韓語票選爲目前最好的文字系統。

頁 52 東尼·克克：爲印度歷史學家及政治家，於2001年爲阿魯納恰爾邦原住民發明唐尼文。

頁 53 拿拉揚·奧拉姆博士：爲印度醫生，以母語發明了托隆錫基文。
莎塔巴蒂·芭爾娜·蘇莉教授：爲印度語言學家，曾發明十多種不同的文字系統，目的是把文字傳授給原住民，好讓他們留下其文化傳統。
格雷格·考克斯：爲「現今最偉大的語言學家」。他是金氏世界紀錄保持人，能說64種語言，出版過世界上最大的語言字典，更爲果達古族發明庫奇－考克斯字母。

頁 56 恩西比底底符號爲奈及利亞神秘族群所使用。這可能是圖像記憶技術，而非實際文字。

頁 57 迪特馬音節文字 (Ditema tsa Di-noko) 是薩索托語 (Sesotho-Spra-che) 音節文字的名稱。在祖魯語中，又稱爲Isibheqe Sohlamvu。
普樂·韋爾奇：爲南非喜劇演員、說唱歌手和語言學家。

頁 62 Gjuha Shqipe：爲阿爾巴尼亞的「阿爾巴尼亞語」。同時還用其他三種文字，即拉丁文、希臘文和阿拉伯文爲書寫。

頁 63 彼得·賈爾斯：爲湯瑪士·莫爾斯的荷蘭出版商，同時可能合著《烏托邦》一書。

頁 64 My precious! ＝我的寶貝！（英語）

頁 65 yuDHa'ghach law' Hoch puS! ＝誠實爲上策（克林貢語）

專有名詞解釋

子音音素文字 子音音素文字意指子音文字，即完全或大部分省去母音的文字，例如希伯來文或阿拉伯文。

母音附標文字 母音附標文字（源自阿姆哈拉語語 አበጊዳ〔Amharicsch〕)，是一種不按母音，而是按音節排列的字母。其母音會透過基本符號的改變，例如變音符號來標示母音。相關母音附標文字的著名例子，便是印度文和衣索比亞文。

編碼 關於編碼，即字集中每個字元，例如我們拉丁字母中的字母O，清楚顯示爲一個字元，或是從另一個字集所分配之字串，如同摩斯密碼的字元序列一般。這些字元會遵循語法、語義和語用規則。因此可以發送訊息。除了摩斯密碼外，還有字母旗 (Flag Alphabet) 也是。

限定詞 在諸如埃及象形文字或楔形文字之類的古文字系統中，限定詞代表某一類術語（例如神祇、城市的名字）的無聲附加或特定符號。還有同音異義詞，代表多種含義的單詞，例如「Bank」(銀行／河岸／長凳）便會透過限定詞為區分。藉此以指定單詞的含義。在楔形文字中，限定詞通常在單詞開頭，在埃及象形文字中，則通常在單詞結尾。

變音標記 小標記，即打勾標記、破折號、圓點等出現在字母的上方、下方或旁邊。變音標記本身並不具發音，只能與主要字元，即字母（例如é）相組合。藉此會產生重音或特定發音。而德語字母所具母音變音（兩點標記）的範例是ä，ö和ü。

形符 形符是相對於圖符的字元，不代表具體物體，而是代表某種思維概念的表意符號。例如，圖符 ♥ 代表「愛」或「喜歡」的概念。表意符號並不具發音。因此，同一符號 ♥ 的發音可能完全不同：Herz、Heart、Coeur、Corazón等等。
歐元符號「€」也是一種表意符號，因爲它代表歐元，但並不是以圖形方式表示。

國際音標 1886年，奧圖·葉斯泊森 (Otto Jespersen) (1860-1943) 建立了語音字母表。兩年後，第一版國際音標出版。在國際音標字母中，所有語言的發音都以音標符號或音標序列爲表示。因此，在多數字典都使用其作爲發音輔助工具。國際音標是全世界使用最廣泛的語音文字系統。你還能在網上聽每個字元或其發音。

字符 字符與聲符不同，字符並不具有發音，而是代表某字元或某單詞意義（詞素〔Lexem〕)。即字元與單詞相對應，相關範例例文字便是中文、日語漢字，或是楔形文字和象形文字。

圖符 圖符便是圖像符號，即代表一個具體的對象。因此，該標誌 🚲 代表「腳踏車」。但是，若作爲表意文字，也能代表「腳踏車車道」或「腳踏車騎士」。
中文文字便是從圖符文字發展而來的。甚至是著名的笑臉 ☺ 表情符號都是圖符。

字謎 字謎是一種圖像謎語，從一系列圖片和符號（例如〔劃掉的〕字母和數字）中猜出一個單詞，這些單詞和符號與所描繪的事物無關。此原則亦可以在許多語素文字，如中文文字中看到。在此，以衆所皆知的圖案組合在一起，聽起來就類似於新的外來詞。

字音文字 字音文字（音節文字）是以字元表示音節的一種文字。例如，日語片假名字元「カ」代表音節「ka」。在音節文字中，把唯一或主要的音節字元組合成類似於字母的音節。這樣便形成了一個以音節爲主的文字系統，例如在西元前15世紀至12世紀於希臘使用的線性文字B。

萬國碼 萬國碼是國際標準化組織一種對於文字符號進行編碼，以用於電腦（及智慧型手機）的標準化系統。因此，所有已知文字文化或符號系統中各個字元或組成內容都分配有一組數字代碼，一般而言是一組序號。因此，每個國家及文化區域都應該具有相同代碼，並且努力實現消除代碼不相容的情形。萬國碼會不斷補充其他文字字元。從2019年開始，目前的12.0版本便涵蓋了150個文字系統，並具有137929個字元。

符號 符號是一種光、音或數字的單位，能表示或代表其他東西。其包括文字，也包括手勢、記號和聲音。

關於作者

維達利·康士坦提諾夫(Vitali Konstantionov)於1963年出生於蘇聯時期奧德薩(Odessa)附近,現為自由藝術家、插畫家、漫畫家和作家。自1999年以來,他便一直為德國及國際出版社工作,專長科幻類型、兒童及成人非小說類型。他的作品曾在全球35個國家出版。他曾在多家德國藝術學院擔任插畫、漫畫和繪畫講師,並在2017年於黎巴嫩貝魯特當地美國大學擔任視覺敘事客座教授,亦在國內外舉辦暑期課程和插畫漫畫研習班。因其作品出色,他曾獲得無數獎項和國際插圖展覽邀請。欲了解更多,請見:www.vitali-konstantinov.de

我要感謝蘇珊娜·克普(Susanne Koppe)提供這本書的靈感;達格瑪·申姆斯克(Dagmar Schemske)對本書計畫的監督及耐心;尤格須·雷·卡達索列(Yogesh Raj Kadasoley)、安納塔西亞·康士坦提諾夫(Anastasia Konstantinova)、李尚勳(音譯Sang-Hun Lee)、西步美(音譯Ayumi Nishi)、娜多·魯魯娃(Nato Rurua)和大衛·薩瑟維爾(David Sasseville)對於各別文字系統所提供個人寶貴資訊;蓮娜·安勞夫(Lena Anlauf)對本計畫的支持,以及約翰納斯·伯格豪森教授所提供的專業知識和重要建議。

譯者簡介:鼎玉鉉|曾任國內法律暨政策研究員、德國基金會實習行政助理、英文教師、華語教師及奢侈品櫃姐,研究範圍一路從嚴肅的家事調解、人口販運、產業創新、節能減碳到生活中的琴棋書畫詩酒茶。目前旅居德國柏林,同時是臺北市翻譯工會的一員,專職書籍翻譯、華語教學、寫作。譯有《別讓地球碳氣:從一根香蕉學會減碳生活》、《世界地圖祕典:一場人類文明崛起與擴張的製圖時代全史》、《玩這場遊戲:職場性騷擾對抗指南》(暫譯)等書。讀者指教、合作來信請寄:elsahuang86@gmail.com

Catch 262
世界文字圖解簡史 Es Steht Geschrieben

作者:維達利 Vitali Konstantinov 譯者:鼎玉鉉
責任編輯:湯皓全 校對:呂佳真 美術編輯:許慈力
出版者:大塊文化出版股份有限公司 台北市105022南京東路四段25號11樓
讀者服務專線:0800-006689 TEL:(02) 87123898 FAX:(02) 87123897
郵撥帳號:18955675 戶名:大塊文化出版股份有限公司
法律顧問:董安丹律師、顧慕堯律師 版權所有 翻印必究

Copyright © 2019, Gerstenberg Verlag, Hildesheim, Germany
Complex Chinese Edition Copyright©2020 by Locus Publishing Company

總經銷:大和書報圖書股份有限公司 地址:新北市新莊區五工五路2號
TEL:(02) 89902588 (代表號) FAX:(02) 22901658
初版一刷:2020年11月 初版二刷:2024年7月 定價:新台幣 800元

國家圖書館出版品預行編目(CIP)資料

世界文字圖解簡史 / 維達利(Vitali Konstantinov)繪著;鼎玉鉉譯. -- 初版. -- 臺北市:大塊文化, 2020.11
面; 公分. -- (Catch ; 262)
譯自:Es steht geschrieben von der Keilschrift zum Emoji.
ISBN 978-986-5549-18-3(平裝)

1.文字 2.字母 3.歷史 4.通俗作品

800.9   109015728